ATÉ
VOCÊ
SABER
QUEM É

DIOGO ROSAS G.

ATÉ VOCÊ SABER QUEM É

1ª edição

EDITORA RECORD
RIO DE JANEIRO • SÃO PAULO
2016

CIP-BRASIL. CATALOGAÇÃO NA PUBLICAÇÃO
SINDICATO NACIONAL DOS EDITORES DE LIVROS, RJ

R969a
Rosas G., Diogo
Até você saber quem é / Diogo Rosas G. – 1ª ed. –
Rio de Janeiro: Record, 2016.

ISBN 978-85-01-10753-4

1. Romance brasileiro. I. Título.

16-30005
CDD: 869.93
CDU: 821.134.3(81)-3

Copyright © Diogo Rosas G., 2016

Todos os direitos reservados. Proibida a reprodução, armazenamento ou transmissão de partes deste livro, através de quaisquer meios, sem prévia autorização por escrito.

Texto revisado segundo o novo Acordo Ortográfico da Língua Portuguesa.

Direitos exclusivos desta edição reservados pela
EDITORA RECORD LTDA.
Rua Argentina, 171 – Rio de Janeiro, RJ – 20921-380 – Tel.: (21) 2585-2000.

Impresso no Brasil

ISBN 978-85-01-10753-4

Seja um leitor preferencial Record.
Cadastre-se e receba informações sobre nossos lançamentos e nossas promoções.

EDITORA AFILIADA

Atendimento e venda direta ao leitor:
mdireto@record.com.br ou (21) 2585-2002.

Agradecimentos

O apoio e a leitura cuidadosa de Gustavo Sachs e Marcelo Salomão Martinez me deram força e melhoraram o texto. As longas conversas com João Marcelo Queiroz Soares me permitiram resgatar a memória da Curitiba mítica, enquanto Alan Séllos respondeu, paciente e gentil, às minhas perguntas sobre Paris e o Salão do Livro de 1998. Finalmente, Pedro Sette-Câmara realizava pesquisas para uma biografia, completava seus estudos de doutorado e trabalhava em inúmeras traduções quando encontrou tempo para ajudar, com uma generosidade comovedora, o trabalho de um principiante. A eles e a todos os que leram o manuscrito antes de sua publicação, agradeço, esperando poder um dia retribuir o bem que me fizeram.

Para Tati, David e Gabriel,
por me ajudarem a descobrir quem sou.

Until you know who you are you can't write.

— Salman Rushdie

Nota ao leitor

Sei que muitos chegarão às páginas deste livro buscando entender os homicídios cometidos por seu personagem principal, e isso não me surpreende. Thomas Hobbes escreveu que todos os crimes provêm de alguma falha do entendimento, de algum erro de raciocínio ou, ainda, de alguma força súbita das paixões. A explicação é tão ampla quanto inútil, incapaz de saciar a curiosidade furiosa que periodicamente se apossa da multidão quando esta confronta, com fascinação e assombro, as atrocidades praticadas pelo homem contra seu semelhante.

Sou consciente de tal curiosidade e a respeito. Infelizmente, a esses leitores tenho pouco a oferecer. *A vida do escritor brasileiro Daniel Hauptmann, narrada por um amigo* não é uma reportagem investigativa nem uma biografia clássica. Se é verdade que todos somos protagonistas de nossas próprias vidas e coadjuvantes das dos demais, Daniel foi, aos olhos do mundo, o protagonista de um conto de horror, e eu, seu coadjuvante. A tarefa a que me propus neste livro foi a de misturar os pontos de vista da história, além de dar rosto e voz a outros atores que contracenaram conosco. Alguns deles morreram; todos se feriram. Por mim e por eles, tentei entender e contar.

Capítulo I

*On ne devrait écrire des livres
que pour y dire des choses qu'on
n'oserait confier à personne.*

— Emil Cioran

Em uma tarde de setembro de 1992, enquanto o Congresso Nacional votava, em sessão extraordinária, o impeachment de Fernando Collor, um jovem alto, de cabelos claros e barba por fazer, desceu a rua General Carneiro, percorrendo as três quadras que separavam seu apartamento da Livraria do Chain. A caixa de papelão que trazia nos braços não era grande, mas o peso dos livros em seu interior e o calor úmido, fora de época, forçaram duas paradas ao rapaz, que tinha pressa.

Ao chegar à livraria, a carga foi colocada no chão, aberta e exposta. Vendedores, clientes e o próprio Chain dividiam sua atenção entre o grandalhão de olhos claros e a pequena televisão sintonizada no noticiário. Naquele início de primavera, o jovem autor e seu romance recém-chegado da gráfica não conseguiram ser o acontecimento mais importante da tarde nem mesmo numa modesta livraria de Curitiba.

O rapaz de traços suaves e olhos intensos retratado na orelha daquele livro tinha 27 anos e era meu melhor amigo. Nós nos conhecemos na adolescência, nas escadarias da Universidade Federal do Paraná, e a conversa que começamos naquele dia se estendeu por décadas. Sua morte reacendeu nas pessoas uma enorme curiosidade sobre aquela figura já quase esquecida. Os poucos que sabem quem sou me enchem de perguntas após uma abordagem constrangida. A princípio isso me incomodava. Com o tempo, passei a responder simplesmente que fui sua primeira vítima e único sobrevivente. Se muitos hoje se voltam para sua história com horror e repulsa, depois de havê-la acompanhado durante anos com admiração e entusiasmo, é preciso reconhecer que não fazem mais do que reproduzir em grande escala o caminho que eu mesmo trilhei desde a juventude. Parece natural que a mim, e a mais ninguém, caiba a tarefa de escrever este relato, o primeiro sobre a triste vida de Daniel Hauptmann após sua sombria morte.

No exato momento em que Daniel exibia sua obra no Chain, eu discutia o verdadeiro lançamento do livro com André Weiss ao telefone. Em 1992, a Praça do Mercado, editora que André fundou e dirigia, era ainda uma casa média, longe de dominar o mercado brasileiro como o faz hoje. A forma como seu primeiro romance chegou a ser editado pela PdM ilustra perfeitamente, aliás, a naturalidade quase irreal com que os eventos se sucederam na carreira de meu amigo. No fim dos anos 1980, alguns best-sellers inesperados convenceram André Weiss de que havia chegado o momento de lançar o projeto de seus sonhos: duas coleções paralelas de autores brasileiros: uma dedicada à ficção e a outra, à não ficção. Nos anos 1990, as capas da Praça do Mercado tinham um padrão fixo, e cada coleção seria identificada por uma cor, como em algumas editoras europeias. O primeiro volume da coleção azul prometia ser um dos achados editoriais da década: as memórias de Otto Lara Resende, entregues a André pelo próprio autor pouco antes de falecer. No entanto, parte por teimosia, parte por pressentimento sobrenatural, o jovem editor estava convencido de que deveria começar pela coleção verde, ou seja, por um livro de ficção, de preferência de um autor estreante.

Tratava-se de uma loucura, e todos sabiam disso. Funcionários e alguns amigos mais próximos argumentavam que as memórias de Otto, com casos inesquecíveis envolvendo Nelson Rodrigues, Vinicius de Moraes, Guimarães Rosa, Clarice Lispector e toda a diáspora mineira no Rio de Janeiro das décadas de 1950 e 1960, trariam prestígio crítico e sucesso comercial para consolidar definitivamente a editora. André mostrou-se irredutível, porém, e seguiu buscando um romance inédito para inaugurar o projeto que lhe era tão caro.

Desconhecedores de André Weiss, ignorantes da coleção verde e leitores de Otto Lara Resende apenas pelos textos que publicava na página 2 da *Folha*, Daniel e eu trabalhávamos em Curitiba alheios à busca do livro perfeito empreendida pelo editor de São Paulo. Para nós, tudo se resumiu ao recebimento de duas cartas em nosso escritório, ambas remetidas pela Praça do Mercado: a primeira, rejeitando o manuscrito submetido à avaliação havia já algum tempo; a segunda, três meses mais tarde, aceitando-o para publicação.

Em momentos de grande felicidade, Daniel costumava assumir uma atitude quase passiva, como se, antes de se deixar tomar pela euforia, concedesse um tempo para que a realidade voltasse atrás e tomasse de volta os presentes que acabava de lhe deixar aos pés. Na tarde em que recebemos o segundo envelope, ele deixou-se ficar sentado em silêncio por muito tempo, com a carta na mão e o olhar perdido saltando entre a janela aberta, a Olivetti verde em minha mesa e a geladeira branca no canto da sala. O céu sem nuvens aparecia como uma estreita faixa turquesa entre os edifícios da Voluntários da Pátria. Pouco a pouco a animação esperada foi tomando conta do meu amigo. Dei a ele os parabéns e fizemos uma festa enorme, com repetidos abraços e comemorações. Nos preparávamos para descer ao Stuart quando uma dúvida prática se insinuou na conversa. De súbito nos demos conta de que não tínhamos ideia de como proceder. A carta em si era vaga, imprecisa. Seria o padrão, talvez, mas de pouca ajuda para dois jovens isolados em Curitiba. Em segundos, Daniel resolveu o problema com decisão, tomando o telefone e ligando para o número impresso no papel de carta da editora.

Em vinte minutos, tínhamos mais novidades. Após navegar entre algumas secretárias, meu amigo falara com o próprio André Weiss, que, entre muitos elogios, insistiu em se encontrar o quanto antes com seu mais novo autor.

— Próxima sexta-feira, às dez da manhã. Avisei que você também vai — disse-me, colocando o telefone no gancho.

Algo em mim deve ter feito com que meu amigo sentisse a necessidade de acrescentar uma nota de confirmação:

— Em São Paulo, claro.

São Paulo. Uma viagem.

Ele sabia tão bem quanto eu que estávamos falidos. Dois aluguéis do escritório atrasados, mais um de seu apartamento, e o cheque que nos levaria ao fim do mês surrupiado da gaveta e trocado pelo brilhante volume da *Plêiade* que eu via na estante compunham o inventário de nossa pobreza.

— A Ju vai ter que salvar nossa vida outra vez, paciência — falou o pobre orgulhoso que uma semana antes havia jurado não pedir mais um centavo emprestado à namorada antes de pagar tudo o que já devíamos a ela.

Lembrei a meu amigo que, mesmo com a passagem garantida, o horário da entrevista nos obrigaria a uma madrugada de desconforto e terror pela BR-116 num ônibus convencional da Cometa. Viajar no dia anterior e passar a noite num hotel, alternativa lógica, estava tão fora de nosso orçamento que sequer nos passou pela cabeça discutir o assunto. A perspectiva de chegarmos ao encontro com o editor trasnoitados, sujos e traumatizados nos incomodava, mas, diante da falta de opções, resolvemos deixar de lado as preocupações e seguir com a comemoração.

O sonho de ser publicado havia transformado Daniel numa criança. Agitado, com o olhar intenso, ele andava pela sala falando sem parar, sonhando com detalhes que conhecia apenas da biografia de outros escritores.

— Será que vou corrigir as provas finais, caçando gralhas antes de o livro ser impresso? — perguntava.

— Você acha que alguém vai sentar e discutir o manuscrito comigo ou será que ele vai para a gráfica como mandei? E se algum idiota não entender a ortografia do século XVI e quiser corrigir alguma coisa?

Quando mencionei a possibilidade de *Os diálogos do castelo* ser traduzido para outros idiomas no futuro, seus olhos brilharam:

— Eu não tinha pensado nisso! Minha nossa, imagine só... Pensando bem, vou exigir controle absoluto sobre todo o processo. Esses tradutores são uns criminosos — dizia ele, rindo.

Alguns dias depois, Daniel entrou no escritório ainda consumido pela felicidade das novidades. Antes que eu pudesse dizer qualquer coisa, anunciou com ar de triunfo:

— Resolvi nosso problema.

— Qual deles?

Por uma fração de segundo recebi um olhar severo, mas logo o clima positivo se restabeleceu. Tratava-se da viagem, e a solução envolvia José Luiz Pianowski, "Zé Luís", "Polaco" ou, em sua encarnação universitária, "Panda", antigo colega de faculdade de Daniel. Oriundo do interior do Paraná, alto, loiro, com a corpulência sólida dos polacos, Panda era um sujeito bonachão, muito dedicado às atividades partidárias de extrema esquerda, pouco aos estudos e menos ainda ao direito. Depois de formado, dera aulas de história em cursinhos, trabalhara no gabinete do primeiro vereador eleito pelo PT em Curitiba e no principal terreiro de candomblé da cidade até descobrir sua verdadeira vocação como antropólogo. Um encontro casual no Cine Groff com a irmã do colega havia posto meu amigo a par das novidades na vida do Panda, mestrado na USP e tudo. Foi a ele, então, que Daniel recorreu quando recebemos as cartas da Praça do Mercado em nosso escritório.

— O Panda mora dentro da USP e vai nos emprestar seu quarto para passarmos a noite antes do encontro com o André — contou-me, eufórico com a solução. — Falei com ele ontem e está tudo acertado.

Dessa forma, dormiríamos em São Paulo e evitaríamos o hotel que não podíamos pagar. No entanto, havia um porém. Na realidade, dois.

— Você sabe o que é Crusp? — perguntou-me Daniel.

Não, eu não sabia.

O Conjunto Residencial da Universidade de São Paulo, explicou ele, era um grupo de edifícios situados dentro do campus da USP, construídos para alojar alunos de fora da cidade. Uma república estudantil, em suma. Alguns blocos eram destinados a alunos "temporários", estudantes de pós-graduação que passavam apenas alguns dias da semana na universidade cumprindo créditos ou fazendo pesquisas, como o Panda. Um apartamento alojava diversos mestrandos e doutorandos, que se alternavam na ocupação do espaço segundo um calendário preestabelecido. Emprestar-nos a chave de um desses apartamentos por uma noite: esse era o favor que o colega de Daniel nos faria. Duas dificuldades se impunham, no entanto: a primeira é que isso era proibido. Os pós-graduandos tinham direito de usar os apartamentos, não de emprestá-los ou sublocá-los a terceiros. A segunda, e mais grave, é que o Panda nunca tivera direito de verdade ao apartamento, usando-o de maneira irregular havia mais de um ano. Algo a ver com a entrega equivocada de um formulário verde no lugar de um rosa, com notas baixas na prova de admissão ao mestrado e com o fato de a funcionária responsável pelo cadastro estar em hora do almoço quando ele foi tratar da questão. Daniel não havia entendido direito e não tive interesse em aprofundar o assunto.

Um ponto a nosso favor era o período do ano em que faríamos a visita, fim de janeiro, época de férias, o campus às moscas. Permanecia o fato, contudo, de que nos colocávamos numa posição delicada, já que, caso fôssemos expulsos do Crusp, não teríamos dinheiro nem para um motel de beira de estrada. Meio a sério, meio de brincadeira, combinamos assumir a identidade de dois mestrandos em literatura, em rápida visita à universidade durante as férias para consultar a biblioteca e falar com nossos orientadores.

Daniel nunca foi exatamente um extrovertido, ao contrário. Dado desde jovem a longos silêncios e ensimesmamentos súbitos, era comum ver sua silhueta magra e alta apartada em silêncio em festas e bares. Algumas pessoas lhe tomavam por altivo. Mesmo entre curitibanos, a impressão que transmitia era a de alguém frio e reservado. Na realidade, meu amigo sempre foi, antes de tudo, sério. De uma seriedade fundamental, rara no Brasil, que se refletia em todos os seus contatos com o mundo. Era difícil vê-lo falando de assuntos pessoais, mesmo comigo. Não se tratava de rabugice; ele tinha senso de humor — não pouco, aliás. Sabia rir e ser irônico; dominava o sarcasmo. Mas era sério porque encarava as coisas a sério. Nos dias que antecederam a viagem a São Paulo, porém, Daniel se parecia em tudo com uma criança agitada. A ideia de viajar incógnito o divertia. Andando de um lado para o outro de nossa salinha, trabalhava e retrabalhava seu disfarce de estudante, imaginava publicações acadêmicas, títulos de tese e bibliografias. Dizia-se apreensivo com a conversa marcada com seu recém-conquistado editor, mas só conseguia se preocupar em imitar um pós-graduando uspiano.

Cerca de quatrocentos quilômetros separam Curitiba de São Paulo — seis horas de ônibus, mais ou menos. A Viação Cometa, numa piada macabra com seu nome, costumava fazer o trajeto em apenas cinco, às vezes menos. Naquela noite de verão, levamos dez horas e meia para chegar a nosso destino, após a carreta de um caminhão ter se desprendido e ceifado treze vidas ao esmagar um ônibus na estrada. No congestionamento a perder de vista que se formou, com o trânsito completamente parado, os passageiros desceram ao asfalto, e, na noite quente, surgiu o boato de que o ônibus atingido era da mesma linha em que viajávamos, saído de Curitiba um horário antes do nosso. Alheio a tudo, Daniel permaneceu o tempo todo em seu assento, lendo e rindo furiosamente com um livro de Dickens.

Quando retomamos a viagem e lhe contei o que se comentava na estrada, ele me ouviu com uma expressão grave. Olhando pela janela, sem me mirar, perguntou:

— Você entendeu o que aconteceu?

Antes que eu pudesse responder, continuou:

— O caminho está trancado, Roberto. O caminho está trancado — repetia, balançando a cabeça. — Morte na estrada. É incrível, sair de lá é ainda mais difícil do que pensei.

— A travessia — murmurei.

— Sim, a travessia.

Chegamos a São Paulo no começo de uma madrugada malcheirosa, opressivamente quente. Anos de residência terminaram por anestesiar em mim o impacto olfativo da cidade, mas naquela noite seu perfume de lixo azedo agrediu duramente nossos narizes provincianos. Foi difícil encontrar o Crusp. Daniel nunca teve o menor senso de orientação, e o fato de estar se guiando por indicações sumárias de terceiros transmitidas por telefone tampouco ajudou. Por fim, muito tempo depois, suados e exaustos, chegamos a um conjunto de prédios coloridos, sujos e feios sob a luz amarela do luar. Encontramos rapidamente nosso bloco, abrimos a porta de vidro da portaria, subimos escadas cheirando a óleo ranço e entramos no que a luz mortiça do corredor permitia divisar como um pequeno apartamento de dois quartos comum, exceto pela ausência da cozinha. Tateando no escuro, percebemos que havia camas por toda parte e que não estávamos sozinhos. Não foi possível identificar quantas pessoas mais havia ali; tudo o que fizemos foi procurar um lugar para descansar. Ou tentar descansar, porque aparentemente todos os alunos que não estavam em férias ou dormindo ao nosso redor tinham se reunido debaixo de nossa janela, em volta de uma fogueira, para cantar e gritar para a lua, numa exibição tenebrosa de licantropia universitária. Era impossível adormecer; temi que os outros ocupantes do apartamento estivessem mortos. Daniel estava cada vez mais irritado, e foi com dificuldade que o impedi de descer e tirar satisfações com os homens-lobos.

Muito cedo na manhã seguinte, exausto e desconfortável, distingui entre a neblina do sono o som característico de uma resistência de chuveiro elétrico. Meus sonhos já começavam a absorver o zumbido quando uma voz poderosa e afinada projetou-se do banheiro, tomando todo o quarto:

> *Then they watch the progress he makes*
> *The good and the evil which path will he take*
> *Both of them trying to manipulate*
> *The use of his powers before it's too late*

Na cama em frente à minha, Daniel grunhiu entre lençóis e travesseiros:

— Nãããããão! Nããããão!

> *Here they stand brothers them all*
> *All the sons divided they'd fall*
> *Here await the birth of the son*
> *The seventh, the heavenly, the chosen one*

— Você tem de admitir que é melhor do que o Zé Ramalho da madrugada — falei, já sentado na cama, coçando os olhos.

Eu mal havia terminado de pronunciar essas palavras quando o canto cessou. Minutos depois, de uma nuvem de vapor impregnada de colônia, emergiu um gigante musculoso vestindo jeans justos e camiseta preta, com uma cabeleira cuja cor, comprimento e volume não deixavam lugar a qualquer outro símile que não o de uma juba. Seus modos dóceis e olhar pacato chamavam a atenção, e foi com perfeita cortesia que ele se apresentou.

— Oi, meu nome é Marcos.

Um sorriso manso iluminava seu rosto enquanto enxugava os cabelos.

Daniel devolveu o mesmo sorriso, como se imitasse conscientemente um gesto de boas-vindas:

— Oi, sou Daniel.

— Sou Roberto, somos de Curitiba.

Marcos era pouca coisa mais baixo do que meu amigo e muito mais forte. Queimado de sol como um surfista e musculoso como um halterofilista, atraía a atenção pela cabeleira cacheada e pela camiseta negra estampada, na qual demorei um pouco para divisar com clareza um desenho demoníaco e as palavras MERCYFUL FATE em letras góticas vermelhas. Ele se movia com gestos cuidadosos, quase teatrais, e seu modo de falar era educado. Por alguns minutos, explicamos em detalhes nosso mestrado e o motivo de estarmos em São Paulo naquela época. Nosso companheiro de quarto escutou tudo com atenção e respondeu.

— Ah, também estudei na FFLCH, filosofia.

— Puxa, que legal!

— É, mas acabei não indo por esse caminho. Na verdade sou professor de grego, dou aulas na Unesp, em Araraquara.

Sorrimos discretamente. Marcos contou que sua vocação fora despertada já no primeiro ano da faculdade, quando um professor passou o semestre lendo em voz alta e comentando a *Poética* de Aristóteles no original. Após se formar em filosofia, fizera mestrado em letras clássicas e agora estava completando um doutorado em arqueologia, com trabalho de campo na Grécia, para onde partiria em poucas semanas.

— Impressionante — falei. — E você sempre fica aqui no Crusp quando vem para as aulas?

— Ah, não! Eu já terminei meus créditos faz tempo, e minha pesquisa de campo é toda na Grécia. Não tenho nada a ver com o Crusp. Quem mora aqui é um amigo de uma amiga da minha namorada, que me emprestou a chave.

— E o que você está fazendo aqui, então?

Daniel soava desconcertado.

— Minha banda vai tocar hoje e é mais barato passar a noite aqui. Se vocês não tiverem nada para fazer, por que não vão ao show? É aqui pertinho, no Dama Xoc.

— Tua banda?

— É, sou vocalista de uma banda de metal — respondeu ele com uma simplicidade quase comovente. — Tipo King Diamond, mas tentamos incorporar uns elementos de Antonin Artaud em nossas apresentações, uma proposta mais teatral, sabe?

— Antonin Artaud?

Daniel olhava para mim incrédulo e sorria.

— É, o dramaturgo.

— Eu sei quem é — disse meu amigo com um olhar divertido. — Agora, me conte uma coisa — continuou ele, levantando-se da cama animado. — Já faz um tempinho que ando pensando em aprender grego, principalmente para ler. O que você acha melhor? Eu estava pensando em *koiné*.

Marcos esvaziou o conteúdo de uma enorme mochila sobre a cama. Enquanto dobrava meias, cuecas e camisetas, falava com voz grave e calma. "Sou professor de grego clássico, mas depende..." Por mais de meia hora, nosso companheiro de quarto organizou sua roupa íntima e conversou conosco sobre Shakespeare e Eurípides, a porcentagem de vocábulos de origem grega no português contemporâneo e a evolução da palavra "peixe" entre o período clássico e o helenístico. No fim, Daniel falou de seu livro. Marcos demonstrou interesse por *Os diálogos do castelo*, dizendo que compraria um exemplar tão logo o encontrasse nas livrarias. Contou ainda que estava trabalhando num guia arqueológico do Peloponeso para turistas e perguntou se faríamos a revisão do texto. Com a dívida das passagens de ônibus fresca na memória e o espectro da fome pairando sobre nossas cabeças, aceitamos na hora, prometendo serviço de primeira por um preço imbatível.

Atento ao relógio, pedi desculpas e avisei que estávamos em cima da hora. Daniel, que, ao contrário de mim, nunca se interessou muito por música, pareceu sinceramente triste por não poder assistir ao show de *heavy metal* com influências surrealistas naquela noite. Marcos despediu-se recomendando a meu amigo uma boa gramática grega e prometendo nos avisar quando sua banda tocasse em Curitiba.

Sem dinheiro e munidos apenas das parcas indicações extraídas do Panda e da secretária da Praça do Mercado sobre como chegar à editora a partir do campus do Butantã, tivemos dificuldades para pegar o ônibus correto. Para piorar, o cobrador não entendeu nossos pedidos de ajuda e, com tremenda má vontade, fez-nos descer no ponto errado. Em 1992, a sede da PdM ficava num sobrado grande e feio em Perdizes, ao qual chegamos atrasadíssimos e esbaforidos. Em honra a seus antepassados, Daniel sempre foi neuroticamente pontual. Ofegante e irritado, sua primeira apresentação na casa que o tornaria famoso não poderia ter sido menos impressionante.

O lugar era decorado com um bom gosto que me pareceu distante de tudo o que conhecíamos. André estava numa ligação, e esperamos alguns minutos no corredor, sentados num delicado sofá de madeira e vime. Pouco depois, a porta se abriu e fomos saudados por uma figura de braços abertos e sorriso acolhedor: André Weiss! Confesso que gastei boa parte daquele primeiro encontro tentando decifrá-lo e enquadrá-lo em alguma categoria mais familiar, que fizesse sentido para mim. Que culpa tínhamos, na verdade, se o próprio nome (tomado de empréstimo de um grande amor parisiense, soubemos depois) parecia escolhido para despistar as pessoas? Daniel e eu esperávamos encontrar um intelectual centro-europeu, tez branca e manchada, ralos cabelos avermelhados e uns olhos azuis severos julgando e rejeitando manuscritos defeituosos. Nada nos havia preparado para aquele homem baixo e gorducho, revoltos cabelos grisalhos contrastando com a pele muito morena, tostada de sol. Vestido de maneira exageradamente elegante, sua voz tinha uma nota de jovialidade que facilmente se transformava em afetação.

— Daniel, que prazer! Nossa, como você é alto, rapaz! E jovem. E você deve ser o Roberto. Vamos entrando, por favor.

A mobília do escritório formava um conjunto com a do corredor, modernismo italiano dos anos 1950. Mais tarde viemos a saber que o editor da Praça do Mercado era um sério colecionador de móveis, o que, aliás, ficava patente a qualquer convidado a seus apartamentos em São Paulo e Paris. O arranjo de sua sala era simples: de frente para a porta, uma escrivaninha de trabalho escrupulosamente arrumada; no centro, quatro cadeiras dominavam o espaço ao redor de uma mesa baixa com tampo de vidro. Nas paredes, estantes de livros e uma reprodução do retrato de Ezra Pound por Cartier-Bresson. No estilo do mestre francês, a fotografia era de meio-corpo, transformando o cenário em parte da obra — no caso, uma cadeira de leitura onde o velho poeta, cabelo indomável e rosto vincado, reclinava-se como um leão saciado. Um suave odor de tabaco e resina preenchia o ambiente. André nos dirigiu às cadeiras ao redor da mesinha e foi direto ao ponto:

— Meu rapaz, gostei muito do seu livro, muito mesmo.

Em seguida, mirando-nos atentamente com seus olhos muito negros, perguntou se estávamos com pressa. Respondemos que tínhamos o dia todo, o que lhe arrancou um grande sorriso.

— Ah, que maravilha!

Após se levantar e remexer em alguns papéis em sua mesa, ele voltou com uma pasta de arquivos numa das mãos e uma caixa de madeira na outra. Sentando-se, abriu a caixa e nos ofereceu charutos enquanto riscava um fósforo e acendia um para si. De onde estávamos pudemos ver o manuscrito de *Os diálogos do castelo* em seu colo, as páginas marcadas por diminutas anotações a lápis. Desde o princípio, além da polidez sem esforço, o traço que mais me chamou a atenção em André Weiss foi uma capacidade quase sobrenatural de conduzir conversas, muitas vezes entre diversas pessoas, com a segurança de um maestro. Ele era o único capaz de, ao mesmo tempo, despertar os entusiasmos vulcânicos de Daniel e não ser soterrado por eles. Com naturalidade, quase sem que nos déssemos conta, começou a ler em voz alta a abertura da terceira parte do manuscrito. Os nomes de plantas e aves, as angústias do padre Diogo, suas preces em latim, as sutis mudanças de ponto de vista, detalhes que conhecíamos quase de cor nos pareceram novos e mais vivos pela leitura... Aliás, pela *encenação* de André. As palavras raras e a sintaxe arcaizante da narrativa do jesuíta casavam à perfeição com os ecos de um sotaque que não consegui identificar.

A meu lado, Daniel estava claramente emocionado. Não sei quanto tempo se consumiu na leitura. Quando a voz deixou de soar, o ar da sala estava coberto por uma densa fumaça que cheirava a tabaco e triunfo. O livro era bom! E a confirmação vinha não dos elogios do editor, mas daquela recitação maravilhosa, hipnótica, irresistível. Se uma pequena fração das pessoas que comprasse *Os diálogos do castelo* tivesse a bendita ideia de lê-lo em voz alta, o sucesso seria certo. Quando meu amigo reagiu, por fim, foi com a intensidade fria que lhe caracterizava em momentos como aquele. Juntos, editor e autor desmontaram o romance como dois relojoeiros, espalhando sobre a mesa delicados parafusos, diminutas molas e engenhosas engrenagens, examinando--as uma a uma em busca de imperfeições irreconhecíveis a olhos não treinados.

Passado algum tempo de trabalho intenso, André levantou-se para abrir a janela. Espreguiçando-se levemente, disse:

— Bom, a partir daqui a coisa começa a ficar interessante de verdade. Você está de parabéns, meu jovem Thomas Mann. Precisamos de muita atenção neste final, mas nunca, em hipótese alguma, de barriga vazia. Vamos almoçar?

À mesa de um pequeno restaurante português da vizinhança, André foi encantador. É claro que o romance tinha méritos, mas pouco a pouco percebi que a capacidade de colocar as pessoas em transe vinha também daquela voz melodiosa. Ao longo de duas garrafas de vinho verde, contou-

-nos de seus anos de estudo em Paris e de como, na volta ao Brasil, havia fundado a editora com o dinheiro do pai.

— Ele insistia tanto para que eu encontrasse "um trabalho"... E eu dizia: "Papai, se alguém mais trabalhar nesta família, não vai aparecer quem consiga gastar tanto dinheiro." A família de mamãe já era muito rica, e papai... Bem, aquelas concessões no porto... A verdade é que nunca entendi essa superstição burguesa de obrigar os filhos a trabalhar quando não há necessidade alguma disso.

— Se você conhecesse as superstições pequeno-burguesas do meu pai, teria saudades das do teu — suspirou Daniel.

Aproveitei a pausa para matar a curiosidade que me consumia.

— Você ainda não disse de onde é, André.

— Meu pai é de Salvador, sou do ramo dos Mendes Sousa da capital, apesar de minha mãe ser de Itabuna. Nasci em Salvador, mas passei a infância em Ilhéus. Até a adolescência, eu não tinha ideia de que o mundo continuava além da Bahia.

— Todos os baianos que encontrei na vida eram mais ou menos assim — brincou Daniel.

— É inevitável. E só existe um remédio para isso.

André tinha um sorriso malicioso nos lábios ao erguer a taça de vinho.

— Qual? — perguntei.

— Paris, meu querido, Paris!

A conversa prosseguiu, leve e agradável. Nosso anfitrião nos entretinha como se não tivesse nada mais a fazer o dia todo. Em determinado momento, criei coragem e perguntei a explicação por trás do mistério das duas cartas que havíamos recebido em Curitiba:

— Ah, essa é uma boa história, perfeita para os futuros biógrafos do nosso jovem escritor.

Segundo André, um velho amigo contou-lhe um dia, num bar, que um jovem tradutor de Curitiba, "amigo do Leminski", estava tentando publicar seu primeiro romance. O sujeito trabalhava havia muitos anos numa importante editora, para quem o tal jovem já havia feito algumas traduções, e sabia que haviam rejeitado o manuscrito. André nos disse que o amigo, a quem respeitava, considerava isso um grande equívoco. Para ele, o romance era "bonito e estranho", muito diferente de tudo o que ele via sendo publicado no Brasil, e merecia uma chance. Ao saber que o caso era recente, não lhe custou muito esforço para concluir que, àquela altura, o mais provável era que o rapaz de Curitiba já tivesse enviado seu livro a outras editoras, incluindo a sua. Ao voltar à Praça do Mercado, perguntou sobre um tal de Daniel Hauptmann. Um mês depois, a coleção verde tinha seu volume de estreia.

O que mais me chamou a atenção ao ouvir essa história foi que eu sabia que meu amigo não apreciava Paulo Leminski e havia se encontrado com ele uma única vez, durante a faculdade. Quando lhe perguntei como foi a conversa, Daniel me disse apenas que eles falaram de Büchner e que Leminski estava bêbado.

* * *

Voltando à tarde do impeachment, na televisão sem som de nosso escritório no Edifício Asa, Roberto Campos era conduzido ao plenário da Câmara numa cadeira de rodas para votar contra Collor. Aumentei um pouco o volume para escutar a ovação recebida por aquele ancião frágil e emaciado. Pelo telefone, contei a André que, àquela altura, Daniel já devia ter levado pessoalmente, sob um calor infernal, uma caixa cheia de livros verdes para a livraria que frequentava com assiduidade, e o mais provável é que tivesse ido flutuando.

André riu de volta e disse que as mesmas caixas deveriam estar chegando aos pontos de venda em São Paulo. Otimista, achava que, com o nome construído pela editora nos últimos anos e seus contatos nos principais jornais e revistas do país, haveria publicidade e espaço suficientes nas livrarias para esgotar a tiragem inicial de 2 mil exemplares. Falamos de nossa ida para São Paulo na semana seguinte para o lançamento. No fim, pediu que eu fosse acalmando Daniel, que, além do entusiasmo natural de qualquer escritor ao ver sua primeira obra publicada, demonstrava uma certeza sem ironia de que ela seria um sucesso.

— O livro é muito bom, Roberto, por isso o escolhemos para abrir a coleção. Mas ficção brasileira é um negócio complicado, ainda mais de autor estreante. Eu já disse a ele que *Os diálogos do castelo* será o começo de uma bela carreira, mas uma carreira é algo que se constrói com o tempo.

Daniel adorava caminhar, e eu sabia que ele voltaria a pé do Chain. No fim da tarde, olhando pela janela do escritório, avistei-o no meio da multidão, saindo da Boca Maldita, passando pelos engraxates enfileirados e entrando na Voluntários da Pátria. Mesmo do décimo sétimo andar, não era difícil distinguir aquela figura de cabelos claros e quase um metro e noventa de altura. Desci para encontrá-lo na rua e, por alguns segundos, fiquei saboreando o odor adocicado e o friozinho que emanava das pedras polidas na portaria do edifício. Caminhamos sem pressa em direção ao Bar Triângulo, apenas observando a multidão que deixava os escritórios da região e confluía para a praça Osório.

Numa mesa do lado de fora, lendo o jornal, Juliana nos esperava. O casal formado por um alemão grande, calado, melancólico, e por uma japonesa sorridente e ativa, muito bonitos os dois, chamava a atenção de todos desde a época da faculdade. Ela trabalhava havia anos como produtora numa agência de publicidade. O sucesso profissional não impedia, porém, que a energia concentrada e constante de seu temperamento fosse quase toda dirigida ao namorado. Naquele fim de tarde, as amplas páginas do jornal desceram devagar revelando um luminoso sorriso. Com cervejas e carnes de onça sobre a mesa, Daniel começou a contar suas peripécias na livraria. Como tinha conseguido, ele mesmo, vender três livros, um deles para um sujeito muito simpático, apresentado pelo Chain como o "ex-secretário de Cultura", que "gostava muito de literatura". Elétrico, ele passava de um assunto a outro enquanto seu olhar cheio de animação se fixava em nós. Em momentos como aquele, Daniel irradiava uma aura de inteligência poderosa, hipnótica — a mesma aura que ao longo de toda a sua vida ajudou-o a conquistar pessoas e coisas com uma facilidade desarmante. Falamos da viagem a São Paulo, das passagens de ônibus já compradas, do hotel onde iríamos nos hospedar. Juliana não poderia faltar ao trabalho no meio da semana e ficaria em Curitiba, esperando a nossa volta coberta de glória.

No fim da tarde, a conversa foi diminuindo e o silêncio surgiu quase junto com a noite. Daniel pegou a mochila do chão, retirou dela dois exemplares de seu livro e colocou-os sobre a mesa. Em seguida, pediu uma caneta ao garçom e escreveu duas dedicatórias: uma para Juliana, que não cheguei a ver, e outra para mim. A letra firme e pequena preencheu toda a superfície da folha de rosto virgem. Ao final, a data e a assinatura forte:

29/IX/1992
Daniel H.

Coloquei o exemplar novo, capa plastificada e papel muito branco, a meu lado e fiquei por alguns segundos absorvendo em silêncio o clima de alegria da mesa. Juliana havia lido as palavras escritas para ela com uma BIC azul e beijava Daniel. Mencionei, de passagem, minha conversa com André ao telefone.

— Quando você falar com ele, agradeça por tudo — disse Juliana, em voz baixa, ao namorado. — Diga que o livro ficou lindo e que o lançamento em Curitiba foi um sucesso — acrescentou com um sorriso irônico.

Daniel tomou um gole de cerveja, afastou sua cadeira da de Juliana para poder olhá-la de frente e apenas sorriu. Loquaz entre amigos, sua marca inequívoca de felicidade era um silêncio sorridente. E, naquele fim de tarde, com a namorada a seu lado, os livros sobre a mesa e a última luz do dia caindo obliquamente sobre a rua XV, meu amigo não disse mais nada até nossa partida do bar.

* * *

Tamanha alegria se seguia a um período de tensão extraordinária, que havia levado ao limite as forças de Daniel e nossas finanças. Quase três anos antes, quando ele começou a escrever as primeiras notas para um romance ainda sem título, aquilo que chamávamos de "nossa firma" mal pagava as contas. O nome era uma brincadeira com o tio Edu, o único irmão de sua mãe, um sujeito rústico, grandalhão, dono de uma empresa de mudanças à qual ele se referia com orgulho como "a firma".

"Nossa firma", criada num momento difícil, quando estávamos por baixo, desorientados e sem dinheiro, era menos lucrativa, menos braçal e mais divertida que a do tio Edu.

Daniel já dava aulas de alemão havia algum tempo, e, quando deixei de cobrir a Câmara de Vereadores de Curitiba para a *Tribuna do Estado*, a ideia de fazer traduções nos veio com a naturalidade das medidas extremas. Começamos trabalhando de casa, tratando com seriedade o pouco que aparecia. Quando havia o que traduzir, traduzíamos, principalmente textos acadêmicos em alemão para os professores amigos de meu pai e alguma coisa em inglês para a agência de Juliana. Quando não havia, fazíamos quase qualquer negócio: resumos, trabalhos, teses ou o que mais aparecesse para universitários sem tempo ou vontade de cumprir com seus deveres acadêmicos. Traduzir textos técnicos e ganhar dinheiro à custa de estudantes relapsos só aumentava a sensação de desorientação que vinha corroendo a vida de Daniel, deixando-o cada vez mais triste e amargurado. Abandonar a faculdade e renunciar às expectativas construídas a seu redor em troca de algo indefinido, de qualquer coisa que ele sabia somente que existia, mas não onde estava, havia sido uma luta. Por trás de seu jeito reservado, inteligente e obstinado, eu sabia que muitas vezes ele acreditava estar perdendo o combate e via quanto isso lhe custava em energia e esperança.

— É uma maldição, Roberto. Não é possível que a vida seja só isso. Não é possível que o mundo seja do tamanho que as pessoas pensam que ele é — dizia ele, em desespero.

A oportunidade de fazer algo diferente e mais interessante surgiu de uma conversa com o diretor do colégio onde eu havia estudado na infância, um franciscano bonachão e comunista. Frei Júlio era um velho conhecido de meus pais. Doutor em filosofia pela Universidade de Marburgo, gostava de conversar em alemão com Daniel, que o bombardeava com perguntas sobre mestre Eckhart. Ao saber o que estávamos fazendo da vida, disse que nos colocaria em contato com alguns conhecidos seus numa das principais editoras religiosas do país. Até o sucesso de *Os diálogos do castelo*, nunca deixamos a editora dos freis, para quem meu amigo traduziu Joseph Ratzinger e Romano Guardini. A partir daí, outras se seguiram, contentes em fazer negócios com curitibanos que cobravam uma fração do preço dos tradutores de São Paulo.

Foi o começo da "firma", o momento em que alugamos um conjunto no Edifício Asa, no décimo sétimo andar da parte comercial do condomínio. Naquele conjuntinho sujo instalamos nossa segunda casa, o refúgio de Daniel em seus anos no deserto. O lugar tinha a planta de um pequeno apartamento sem cozinha. Entrava-se por uma sala retangular de mais ou menos quatro metros de comprimento por três de largura, seguida de um pequeno cômodo, onde montamos nosso escritório e nos instalamos em duas grandes escrivaninhas, um de frente para o outro atrás de nossas Olivettis Lettera 35. Uma velha geladeira doada por meus pais e um móvel coberto de flores e livros compunham o restante de nosso escasso mobiliário. Havia um terceiro ambiente, à esquerda da porta de entrada, um quarto retangular com um lavabo, preenchido ao longo dos anos com estantes e plantas — estas, cortesia de Juliana.

Todos os cômodos cheiravam a água fervida e chá de mate, consumido incessantemente por Daniel. Em pouco tempo aquele espaço feio e familiar, com seus carpetes sujos e paredes manchadas por infiltrações de água da chuva, absorveu completamente nossas vidas. Eu costumava chegar cedo; nos dias em que não dava aulas pela manhã no Goethe, Daniel chegava ainda mais cedo. A tradução é uma atividade peculiar. Solitária e aborrecida, ao menor descuido tende a desorientar e absorver completamente a rotina de quem a pratica. Houve dias que se consumiram inteiros no trabalho, dias em que nos levantávamos da máquina de escrever apenas para comer e ir para casa dormir. Quando havia menos o que fazer, líamos muito, esquadrinhávamos o acervo da Biblioteca Pública, flanávamos pelos sebos da região e conversávamos. Eram conversas longas, deliciosas, em que Daniel se mostrava divertido e brilhante de um modo impossível de descrever. Muitas vezes Juliana saía de sua agência no Alto da XV e se juntava a nós até muito tarde, até fecharmos as portas — nunca as janelas — e voltarmos para casa andando no silêncio da noite curitibana.

Eram momentos de felicidade suspensos no ar, no entanto, sem apoio na realidade. Uma felicidade cercada de tristeza e angústia, como uma cidade sitiada que se esquece por algumas horas dos inimigos a afiar as espadas do lado de fora das muralhas. Daniel era brilhante e animado para nós, intramuros. Para sua família e seus velhos amigos, tudo o que saía de sua boca era uma cacofonia de mal-entendidos e expectativas frustradas, um diálogo de surdos feito de recriminações e ressentimentos.

É difícil reproduzir a sensação de isolamento no alto do Edifício Asa. Nos bons momentos, nas noites de inverno, quando Daniel estava feliz e falante, era como se aquele mundo cheio de sentido, luminoso, existisse contido em si mesmo como uma fortaleza. Os maus momentos eram os que revelavam a ilusão, quando ficava claro que a fortaleza não passava de um refúgio frágil contra algo muito hostil. Lembro-me como se fosse hoje de um fim de tarde escuro e gélido em que Daniel e Juliana estavam reclinados no chão num grande pufe de tecido marrom contra o parapeito da janela. Da rua, o som das buzinas e o cheiro do inverno nos chegavam vivos e intensos pelo vidro entreaberto. Meu amigo falava havia horas sobre os assuntos que o cativavam. De repente, sua voz foi se transformando quase num sussurro, até sumir de todo nos braços da namorada.

— O que aconteceu? — perguntei.

Daniel olhou pela janela e me respondeu cheio de melancolia.

— Ninguém mais se interessa por isso, né?

— Que é isso, Dani? — murmurou Juliana.

— Mas sou mais forte do que vocês pensam, muito mais forte. Esta cidade de merda não vai acabar comigo de jeito nenhum.

Essas últimas palavras não foram ditas para nós, mas para o vento.

* * *

Quando tomou a decisão de escrever um romance sobre o tema que o assombrava havia meses, Daniel praticamente se mudou para a Biblioteca Pública. Duas ou três vezes por semana, voltava a nosso escritório, espalhava anotações sobre a mesa e datilografava cuidadosamente seu conteúdo em fichas de cartolina. Reproduções fac-símile de algumas delas podem ser vistas no apêndice da edição comemorativa de vinte anos do romance. Sobre sua escrivaninha, pilhas e pilhas de livros cresciam, mudavam de lugar e desapareciam. Alguns permaneceram a seu lado todo o período — *Peregrinação*, de Fernão Mendes Pinto, *Early Jesuit Travellers in Central Asia*, de Wessels —; outros, por poucos dias, o tempo de uma breve consulta, a anotação de uma frase. A princípio, Daniel manteve uma reserva casual sobre o que lia e escrevia. Mais tarde, quando sua paixão pela discussão se impôs sobre a insegurança natural do principiante, atravessamos madrugadas lendo o manuscrito e conversando sobre aquelas páginas que rapidamente ganhavam forma.

Por um bom tempo, pequenos sinais exteriores me ajudavam a acompanhar o progresso da composição. Daniel era um datilógrafo muito rápido. O som pausado das teclas e a produção de apenas algumas páginas em várias horas me deixavam saber que o início da redação vinha sendo difícil. Eu o via retirar as laudas da máquina, colocá-las cuidadosamente em diferentes pilhas à sua frente, e adivinhava uma série de começos em falso.

À noite, Juliana perguntava pelo livro e consolava o namorado.

— Você é a pessoa mais inteligente do mundo, meu amor. Você nasceu para isso, é claro que vai conseguir.

Certa manhã, meu amigo entrou na sala em silêncio, colocou papel na máquina e permaneceu imóvel, olhando o vazio por um longo tempo. Sem que eu perguntasse, contou que recebera um recado de sua mãe dizendo que o esperavam para a festa de aniversário de seu pai no domingo seguinte. Dona Isabel Hauptmann era uma mulher apagada, anulada entre os três homens fortes com quem lhe tocara viver. Nos últimos anos, suas energias haviam sido devotadas a amortecer a violência dos choques entre o marido e o primogênito. Desdobrando-se em prantos, ameaças e estratagemas discretos como aquele convite, a pobre senhora envelhecia e se desgastava de tristeza.

— Ela quer que eu vá, é óbvio. Praticamente implorou.

— E aí?

— Não tem como não ir, infelizmente. Mas não estou a fim de brincar de Daniel na cova dos leões. A Ju está em Maringá, então só sobra você.

Ao chegarmos, a casa estava tomada de gente e fazia muito calor. Fomos recebidos pela mãe de Daniel, que, com um abraço, puxou o filho de lado e sussurrou-lhe algo ao ouvido. Em seguida, nos levou até a churrasqueira com o ar da viúva que conduz os detetives ao cadáver do marido num filme policial.

No centro de uma roda de amigos, com um copo de cerveja nas mãos, o dr. Joaquim Hauptmann não poderia estar mais vivo. Ao ver-nos, ainda a alguns passos de distância, interrompeu a história que estava contando, voltou-se para Daniel e falou em voz alta:

— Que bom que você veio, guri! E você, Roberto, faz anos que não aparece.

Cumprimentado o aniversariante e entregues os presentes, recebemos cada um uma latinha de cerveja e nos unimos à discussão do único assunto que havia naqueles dias: o confisco da poupança decretado por Collor na antevéspera. O clima era de exasperação e angústia; todos falavam ao mesmo tempo. Um senhor de cabelos muito brancos e olhos azuis defendia o presidente. A maioria o xingava. Comentavam a constrangedora aparição da ministra Zélia na TV e acusavam políticos e empresários de terem sido avisados do projeto de antemão. Um não podia comprar remédios para diabetes, outro não tinha como pagar os salários dos funcionários de sua fábrica de chocolates. Um homem de rosto muito vermelho contou que seu sobrinho tinha um contrato assinado para trazer o Bon Jovi a Curitiba. O rapaz, subitamente sem dinheiro para honrar o compromisso ou pagar a multa rescisória, pensava em largar o mico para trás e fugir de ônibus para Ciudad del Este por uma temporada.

Durante todo o tempo, o dr. Joaquim não deixou de lançar olhares ressentidos a Daniel. Aproveitando-se de uma pausa na conversa, virou-se para o filho e perguntou com um sorriso agressivo:

— E o trabalho, vai bem? Agora a coisa vai se complicar, hein?

Daniel inspirou profundamente e respondeu, entredentes, que tudo estava bem. Como se não tivesse ouvido, o dono da casa apontou para um lombo temperado sobre a pia da churrasqueira e disse:

— Foi o maior carneiro da história da chácara, você precisava ter visto.

Repousando de maneira oblíqua ao lado da peça de carne, chamava a atenção uma bela faca com cabo de osso, protegida por uma bainha de couro inscrita a ferro quente. Desembainhando-a com cuidado, o dr. Joaquim passou a afiá-la enquanto dizia a Daniel:

— Você ainda tem a faca que te dei? Ou já jogou fora? Você jogava fora tudo o que ganhava e não gostava.

— Tenho, claro que tenho — respondeu Daniel em voz baixa.

— Esta aqui é parecida, mas não se compara com a tua — prosseguiu o pai, animado pelo álcool. — Teu aço é de melhor qualidade e o trabalho do cabo é muito mais fino.

A família de Daniel tinha uma chácara nos arredores de Curitiba onde, por muitos anos, o dr. Joaquim criou animais, comandou reformas sem fim na propriedade e distribuiu tarefas domésticas entre os filhos. Matar um carneiro nas ocasiões de festa era um velho costume; seu preparo, um dos orgulhos do *pater familias*. Junto com a arte da churrascaria vinha a paixão por colecionar facas. Ele as tinha de todos os tamanhos e de todas as procedências. Naqueles tempos de raras viagens internacionais, não havia amigo da casa que fosse ao exterior e não recebesse a incumbência de trazer uma na bagagem de volta.

— E o que você anda fazendo da vida, rapaz? — perguntou amistosamente um senhor de camisa polo verde, dirigindo-se a Daniel.

A pergunta agiu antes sobre o pai do que sobre o filho. Meu amigo ainda se preparava para responder quando vi o dr. Joaquim ser tomado por um acesso de cólera.

— Rá! Então você não sabe? Ele está por aí dando aulinhas de alemão. Dá para acreditar? Agora, com essa crise, quero só ver. Consegui um estágio no escritório do Magalhães para ele. Tributarista, coisa séria. Tem gente que daria um braço por uma oportunidade dessas! E ele? — rosnava, apontando para o filho. — Passou seis meses lá e nunca mais voltou.

Daniel tremia.

— Pai, não comece. Não comece! Sou tradutor, tenho minha própria firma.

Num tom conciliador, outro senhor sentado à mesa interferiu com uma voz mansa:

— Mas por que você não faz o concurso para promotor, meu filho? É um empregão: 4 mil cruzeiros por mês. Você começa no interior e em menos de dez anos já está de volta a Curitiba. Não é mesmo, Joaquim?

O pai de Daniel tinha o rosto vermelho, suas mãos tremiam segurando a faca e um grande garfo:

— Não, ele não quer nada disso, Oswaldo. Piá mimado! Esses jovens de hoje sempre tiveram de tudo e agora não sabem o valor de coisa nenhuma. Mas deixa estar, isso passa. Logo, logo ele vai precisar de dinheiro para casar com a namoradinha, aí esse moleque vai ter que trabalhar que nem homem.

Vi os olhos de Daniel ardendo em fúria quando, como um cão de caça alertado por um apito inaudível a ouvidos humanos, sua mãe atravessou a churrasqueira a passos largos, tomou a mão do marido e levou-o à cozinha pedindo ajuda em voz alta para temperar a salada. Constrangidos, continuamos conversando desanimados por alguns minutos até passarmos à sala de jantar, onde estavam o filho mais novo dos Hauptmann, Alexandre, e vários amigos de escola dos dois irmãos.

A carne estava pronta, e, após uma visita à churrasqueira, as pessoas passaram a se acomodar em qualquer espaço disponível, na mesa, em cadeiras avulsas e nas poltronas ao redor da televisão. Sentado no sofá, com um prato de comida no colo, Daniel respondia distraído às muitas perguntas que lhe faziam. Todos se queixavam de seu sumiço: um colega da época em que jogava futsal convidava-o insistentemente para uma pelada nas noites de quarta-feira na Base Aérea, outro tentava convencê-lo a entrar numa vaquinha para comprar alguns Dodge Chargers usados.

— Comprar o quê?

— Dodges, cara. Aquele Dojão igual ao do pai do Marcelo.

— E pra quê?

— Como assim pra quê, pô? Pra descer a serra, dar pau em Campo Largo. Vamos comprar uns quatro de uma vez e montar o "Comando Dojão". Imagina só!

Outros, de um grupo que se reunia toda semana para beber e apostar juntos nos resultados de Fórmula 1, insistiam com meu amigo para que ele fosse a seu próximo encontro.

Daniel sorria, simpático, e conversava com todos. A distância, sua expressão era a de alguém que acabara de sobreviver à detonação de uma bomba. Pouco tempo depois, sua mãe voltou e nos levou, praticamente pela mão, à mesa principal. Por mais de uma hora, meu amigo ouviu os comentários sarcásticos e agressivos do pai, denunciando-o como um menino mimado que pensava que a vida era como nos livros que lia sem parar. Ao longo do almoço, do primeiro pedaço de carne à sobremesa, sua ruína financeira foi vaticinada como certa e inevitável. Esforçando-se para ignorar o pai, Daniel foi atencioso com os velhos amigos da família, ouvindo as mesmas histórias que conhecia desde a infância. Durante todo o tempo, sua mãe flutuava pelo ambiente, um fantasma indo e vindo com pratos e bebidas enquanto lançava olhares tristes e preocupados sobre o filho e o marido.

Naquela época eu ainda morava com meus pais, na rua Machado de Assis, próximo da família Hauptmann. Na saída, caminhamos em silêncio até o portão de casa. Um dos traços que mais contribuíam para acentuar a frieza de meu amigo era sua recusa em falar sobre a vida com quem quer que fosse. Uma conversa com Daniel podia ser leve, algumas vezes divertida, mas nunca pessoal. Sob o feixe de luz amarelada de um poste, ele estendeu a mão para se despedir. Em outra circunstância, com qualquer outra pessoa, eu estaria preparado para ouvir um desabafo. Ali, diante de casa, escutei apenas uma voz modulada pelo ressentimento e pela raiva:

— É sempre assim, a vida inteira assim!

Ele me dera as costas, mas não foi difícil adivinhar as lágrimas de frustração em seus olhos.

— Que âncora maldita me puxando para o fundo!

No dia seguinte, Daniel não apareceu no escritório. Juliana telefonou na hora do almoço e lhe contei da noite anterior.

— O Dani não é um inútil. Ele só não serve para o que esperam dele — disse, irritada. — Se soubessem do que ele é capaz...

* * *

— Passei a noite ontem pensando no meu livro e finalmente alguma coisa fez clique. Venha aqui e te mostro.

Daniel andava de um lado para o outro, animadíssimo. Poucos dias depois da festa do pai e de seu sumiço, ele havia chegado cedo, falando pelos cotovelos. Em pé diante da geladeira, que ficava ao lado de nossas escrivaninhas, espalhou algumas folhas de papel em branco sobre a parte de cima do velho eletrodoméstico e, do alto de seu metro e oitenta e tantos, começou a desenhar como se estivesse numa mesa. Elétrico, cheio de energia, fazia diagramas, mostrava-me a sequência da história, a divisão em partes, explicava a construção de cenas. Do bolso, tirou uma folha dobrada de onde leu alguns parágrafos.

Fiz uma ou duas perguntas, entendi o sentido de uns tantos livros que havia visto sobre sua mesa e, em minutos, compreendi a verdadeira dimensão do trabalho que meu amigo se propunha a realizar. Daniel passou o resto da manhã em pé, escrevendo à caneta furiosamente sobre o tampo da geladeira. No fim do dia, inaugurando um hábito que se estenderia por muitos meses, ele me deu as resmas de papel cobertas por uma letra miúda e ordenada que ocupava todos os espaços da página e seriam por mim datilografadas na manhã seguinte. A partir de então, ele nunca mais se sentaria diante da máquina de escrever para trabalhar em seu livro. Dois anos depois, as mais de setecentas páginas do manuscrito de *Os diálogos do castelo* haviam sido compostas, à mão, em cima da nossa velha GE branca dos anos 1970.

Capítulo II

A SALA DE espera do psiquiatra não era o que ela esperava. Três cadeiras e uma espiral cromada atulhada de revistas entre os vãos do metal. Sem secretária, mesa, telefone, outros pacientes esperando, nada que lembrasse a imagem típica da antessala de um consultório. Para marcar um horário, ligava-se diretamente para o celular do médico. Após dias de chamadas não atendidas, Larissa havia sido forçada a deixar uma nota por baixo da porta: "Caro dr. Molinari, meu nome é Larissa Schmidt e gostaria de me encontrar com o senhor. Por favor, telefone quando puder."

A ligação veio mais de uma semana depois, quase no fim de suas forças. Com um pedido de desculpas, o médico mencionou um congresso na Espanha e explicou que, como ela sem dúvida entenderia, seus horários estavam um pouco caóticos depois de tanto tempo fora. Quarta-feira às sete e meia da manhã, poderia ser? Não nesta quarta, na outra.

* * *

Sentada, com uma revista aberta no colo, Larissa se acalmava pensando que esse era o preço de um bom médico. O dr. Molinari era bom, disso não cabia dúvida.

"Em casos como o dele, o acompanhamento regular de um psiquiatra, ao menos nos primeiros meses, é muito importante. Se vocês vão mesmo voltar para Curitiba, procurem o Carlos. Além de um grande amigo, é um dos melhores que conheço." Ela estava decidida a repetir ao dr. Molinari as palavras do chefe da equipe do hospital em São Paulo. Sempre é bom envolver amigos em casos como esses, os médicos trabalham melhor e se sentem mais responsáveis.

Seus pensamentos foram interrompidos pelo ruído da porta se abrindo. Uma voz grave a convidou a entrar. Tomada de surpresa, a revista caiu de suas mãos. O dr. Molinari havia chegado ainda mais cedo do que ela e estivera trancado dentro de sua sala. Com um gesto cortês, ele estendeu a mão para Larissa. Em seguida, passou o braço por suas costas e a conduziu para dentro do consultório em forma de L. Lado a lado, os dois atravessaram um curto corredor: à esquerda, uma porta de banheiro; à direita, estantes cheias de livros do chão ao teto. Passado o banheiro, o espaço se abria e dava lugar a uma salinha, mobiliada com uma mesa de centro e duas cadeiras Barcelona sobre um tapete de couro. De pé, Larissa percebeu que, mesmo a seu lado, o dr. Molinari parecia baixo. Aos 62, era um homem pequeno, com cabelos e bigode pintados de preto e mãos de dedos curtos, anormalmente gordos. Usando calça de lã cinza, camisa salmão e blazer xadrez, sem gravata, toda a sua figura parecia planejada para transmitir respeitabilidade por uma pessoa que não sabia exatamente como fazê-lo. A voz grave e o falar italianado lhe conferiam um ar paternal e levemente cômico, do qual se aproveitava para fins terapêuticos.

— Como ele está?

— Mal, muito mal. Quase não come e, se deixar, passa o dia todo deitado. Vivo perguntando se ele não quer sair do quarto, dar uma volta pelo apartamento.

— No telefone você mencionou que seu irmão não está enxergando. Ele vê vultos?

— Não, nada.

— Nem se lembra de nada?

— Lembrar ele já lembra de quase tudo, menos da última noite. Mas é difícil arrancar qualquer coisa que seja. Desde que chegamos a Curitiba, a única coisa que ele repete é "eu queria ter morrido naquela noite".

— O luto! O luto nunca é fácil — murmurou o médico quase para si.

— Por favor, tenha cuidado quando falar da mulher dele, doutor. Se for possível, nem toque no nome dela.

— Ela morreu também?

— Sim, foi a primeira.

Larissa deixou cair a cabeça e torceu involuntariamente a alça da bolsa que tinha nos ombros. Até aquele momento, os dois haviam conversado em pé.

— Sente-se, por favor.

O médico indicou a cadeira Barcelona ao lado da estante mais alta e sentou-se também.

— Isso tudo é normal, não é? Depois de uma coisa dessas... O senhor pode fazer alguma coisa, aumentar os remédios? Olhe, trouxe eles aqui, como o senhor pediu.

Examinando as caixas coloridas com o braço estendido, para compensar a falta dos óculos, o dr. Molinari perguntou algo sobre dosagens e disse:

— Deixe tudo em cima da mesa, por favor. Se quiser, pode rasgar só a tampa da caixinha e levar o resto. No meu trabalho não existe nada normal, por definição. Eu precisaria vê-lo, conversar com ele. Mas se seu irmão foi examinado aqui e em São Paulo, e os colegas dizem que os olhos dele estão bem, com certeza deve haver outra causa para a perda de visão. Veja bem, não estou falando de normalidade, mas essas coisas acontecem, associadas a situações de trauma. Cada caso é um caso. Eu gostaria de falar com ele. Sim, sim, traga seu irmão aqui. Na semana que vem, pode ser? Ah, uma última pergunta: ele fala no amigo?

— Ele não fala nada, doutor.

* * *

Após lavar as mãos e pendurar o blazer num cabide, o dr. Molinari se deteve na porta do banheiro, observando em silêncio o consultório por alguns segundos. Num instante, tomou nota do paciente sentado a alguns passos de distância: corpo magro e ossudo nas roupas largas, cabelo longo, salpicado de fios grisalhos, braço na tipoia e óculos escuros. Caminhando até sua cadeira, passou os olhos nas lombadas dos livros enfileirados pelas estantes. Já sentado, sua voz de barítono assustou a frágil figura à sua frente:

— Muito prazer, Roberto. Meu nome é Carlos Molinari e, se você estiver de acordo, eu gostaria de conversar um pouco.

A resposta foi um sussurro, um vazamento de gás numa fratura de rocha.

— Conte como você está. Fisicamente, quero dizer. Esse seu braço está feio, rapaz.

Tomado de surpresa, Roberto gaguejou.

— Meu braço?

— É. Sua irmã me disse que você andou até por uma UTI.

— Passei três dias na UTI, sim. Os pontos estão quase cicatrizados, mas ainda dói, principalmente à noite, para dormir. A faca cortou os tendões — disse, erguendo o braço esquerdo enfaixado. — Com muita sorte, vou ficar com os dedos comprometidos. Se der azar, posso perder completamente o movimento da mão.

— Você vai ficar bem, pode ter certeza.

— Também tive perfuração no baço.

Após um longo silêncio, que o dr. Molinari não se esforçou para romper, Roberto falou como se anunciasse algo que o outro não soubesse:

— Eu quase morri, doutor.

— Quase, mas não morreu nem vai morrer tão cedo. Agora, você não quer aproveitar e me contar sua história? Me conte por que está aqui.

Abaixando a cabeça e segurando o braço enfaixado, Roberto lançou uma série de sussurros irritados:

— O senhor conhece minha história, não se faça de bobo. O senhor leu na internet o que aconteceu, viu na televisão, como todo mundo. Estou aqui porque minha irmã me trouxe. Por favor, não se faça de bobo. Eu não queria vir e, se o senhor continuar assim, não tenho por que voltar.

Respirando fundo, o dr. Molinari pousou as mãos sobre os joelhos. Sua voz assumiu uma modulação de autoridade, produzida sem esforço quando a situação o exigia.

— Roberto, Roberto. Talvez eu tenha me expressado mal, desculpe. Veja bem, sou um senhor de idade. Muitos pacientes meus, mais do que você imagina, já apareceram na televisão, muitos já saíram nos jornais. E você sabe o que sempre, sempre acontece? Não falha: eles vêm aqui, sentam aí onde você está sentado e a história que me contam nunca tem a ver com o que eu tinha lido antes. Parece incrível, mas é sempre assim. Então, é óbvio que eu não espero que você me conte o que está nos jornais. Você sabe o que eu quero?

— O quê?

— Eu quero saber quem você é.

— Ah, mas isso é fácil. Posso lhe dizer agora mesmo.

— Viu só? E então?

— Eu sou um derrotado. Minha vida foi um erro e eu deveria ter morrido com os outros. Pronto! Isso é tudo o que o senhor precisa saber.

Capítulo III

*Just as Jews are less commercial and Jesuits
are less cunning, so journalists are less
capable than they are supposed to be. As
a matter of fact, they are quite unscientific
persons, in that they go about their business
in a fortuitous manner, trusting to the
human element called "smartness" for
producing their effects. They have not
yet realized the instability of all human
elements. The superhuman is a sealed
book to them.*

— HADRIAN THE SEVENTH,
CAPÍTULO I

A PRINCÍPIO, A reação a *Os diálogos do castelo* foi silenciosa e tímida, como nosso editor previra. Lentamente, os contatos de André Weiss passaram a gerar notas e resenhas na imprensa. Notinhas cautelosas, neutras, mas que nos enchiam de orgulho e expectativa. As exceções ao tom morno dos primeiros tempos foram os textos longos e entusiasmados de dois poetas-tradutores, escritores discretos e eruditos, um publicado na imprensa de São Paulo, o outro, na do Rio.

Naquela época de pequenas resenhas comemoradas como grandes vitórias, Daniel visitou a casa dos pais na hora do almoço com alguns exemplares de seu romance e uma pastinha cheia de recortes de jornal. Era a primeira vez que eles viam o resultado de seu trabalho nos últimos anos. A mãe e o irmão manusearam os livros de capa verde com um orgulho curioso. André arriscou ler um trecho em voz alta e dona Isabel exigiu um autógrafo. Pego de surpresa, o dr. Joaquim mostrou-se estupefato. Folheando lentamente *Os diálogos do castelo*, perguntou:

— Quanto tempo você levou para escrever este livrão?

— Dois anos, pai. Mais ou menos.

— Por isso vive sem dinheiro. Se trabalhasse não tinha tempo para esse tipo de coisa.

Em silêncio, a empregada retirava os últimos pratos da mesa.

"Veja o que escreveram dele na *Gazeta*, que bonito."

De saída, após haver se despedido, Daniel escutou a voz contemporizadora da mãe falando para ninguém em especial na mesa sem pratos. Já com meio corpo fora da porta, um grito lhe trouxe a última pergunta do pai:

— E pelo menos você ganhou alguma coisa com esse tijolo?

Ao contrário do que teria acontecido meses antes, meu amigo relatou-me aquele encontro com serenidade, como uma atividade a mais num dia cheio. Estávamos no começo do verão de 1992/93 e aquela foi uma das últimas vezes em que ele se encontrou com os pais.

E então, de um momento a outro, uma energia represada foi liberada com enorme estrondo e a paisagem de nossas vidas se alterou para sempre. O êxito desmedido daquele romance longo, estranho, barroco, produziu em todos uma sensação de vertigem. Ao longo do ano de 1993, as edições se sucederam, e o "livro sobre o Diabo", de um autor principiante, disputou com a hiperinflação, o plebiscito e o novo presidente da República um lugar entre os assuntos mais comentados do Brasil. Àquela altura, já não havia tempo nem disposição para continuar com o trabalho na "firma". Sem esforço ou planejamento, Daniel assumiu o papel desta raridade em terras brasileiras — o escritor profissional —, enquanto eu realizava, de forma sutil e quase imperceptível, a transição de sócio a secretário particular e empresário. Pedidos de entrevista, participação em programas de TV, palestras e até, um pouco mais tarde, negociações de direitos no exterior e traduções, toda a carreira de Daniel Hauptmann caiu sob minha responsabilidade de forma desordenada e irresistível. Diante da indefinição vital da fase anterior, os acontecimentos daqueles primeiros tempos nos pareceram irreais, um presente contínuo que eu só havia conhecido em sonhos e delírios. Em semanas, desapareceram a pobreza e o anonimato. Curitiba tornou-se, de súbito, menos ameaçadora.

Num dia frenético, quando encontrei um minuto para tentar retomar o fôlego entre centenas de tarefas a fazer, reparei na mesa em frente à minha, ainda na salinha do Edifício Asa. Após horas respondendo a cartas, Daniel olhava para o céu azul através da janela aberta. Seu rosto, a princípio sereno, retesou-se devagar numa feia careta, sobrancelhas franzidas com intensidade. Sem perceber que estava sendo observado, ele respirava pesadamente pelo nariz e projetava diante de meus olhos um filme mental de memórias de ódio e angústia. Uma lembrança qualquer desligou-me da cena por alguns segundos. Ao fixar novamente a atenção sobre meu amigo, vi que ele continuava perdido em pensamentos — apenas agora seu olhar era a imagem da placidez e um sorriso leve distendia os lábios antes contraídos.

Naquele momento de alegria, eu não sabia que voltaria a ver a mesma expressão contorcida, desfigurada pelo ódio, e que ela me assombraria pelo resto da vida. Eu não sabia que ela retornaria no espasmo final de destruição, na noite em que Daniel tentou me matar. Ingênuo e supersticioso, tomei o apaziguamento momentâneo de sua face como um augúrio de tempos tranquilos. Deus, como me enganei!

* * *

Hoje, observando a distância aqueles meses tumultuados, estou convencido de que o ponto de inflexão dos aconteci-mentos foi a entrevista que Daniel concedeu àquela revista. Visto de 2012, o mais estranho da vida que levávamos em 1992 me parece a escassez de informação, sua concentração numas poucas publicações de prestígio. Por isso, quando o semanário mais importante do Brasil nos procurou, tive a certeza de que as coisas não seriam mais as mesmas, nunca mais. *Os diálogos do castelo* já era um sucesso antes disso; a entrevista separou o autor da obra e o transformou em personagem nacional.

Foi comigo que a revista entrou em contato para marcar o encontro. Por telefone, seu diretor me disse que mandaria Paulo Bellotti a Curitiba para conversar com Daniel. Antes de seu programa de televisão, Bellotti ainda não era a figura conhecida que viria a se tornar na década seguinte. No entanto, o jovem amigo de Paulo Francis já firmara seu nome como um dos principais jornalistas culturais do Brasil, e sua escolha dava a medida da atenção que a publicação conferia ao autor novato. Nos meios culturais, Bellotti era reconhecido por suas vastas leituras, uma arrogância estudada e um estilo repleto de citações. Uma das razões da importância da entrevista, aliás, foi a maneira como os parágrafos de abertura da matéria capturaram certa imagem de Daniel:

A trama complexa, as referências ao cristianismo medieval e, principalmente, as vendas astronômicas têm levado alguns críticos a comparar o maior best-seller do Brasil nos últimos anos, *Os diálogos do castelo*, a *O nome da rosa*, o improvável sucesso que converteu Umberto Eco numa celebridade mundial. Em um ponto, porém, não há comparação possível. Enquanto o italiano é o típico professor universitário, gorducho, bonachão, óculos de lentes grossas, cachimbo e barba mal aparada, o brasileiro, do alto de seu 1,85 m, com o rosto juvenil marcado por poderosos olhos azuis, parece saído diretamente do elenco de uma novela da Rede Globo.

Descontada a aparência, no entanto, o jovem escritor de Curitiba não tem nada do típico ídolo de matinê. Fluente em vários idiomas, erudito conhecedor de diversas literaturas e tradutor premiado, Daniel Hauptmann escreve como um mestre e fala com a segurança de um veterano. Ao mesmo tempo que é acolhido com elogios rasgados por luminares da cultura brasileira, Daniel acredita que as letras em nosso país vivem um período de estagnação e não poupa críticas a figuras consagradas, como seu conterrâneo Dalton Trevisan. Segundo ele, para fazer literatura é preciso ter ambição e não fugir dos grandes temas. De fato, não há nada de tímido nas mais de seiscentas páginas de *Os diálogos do castelo*, seu romance de estreia. Longo e complexo, o livro mistura a história do império colonial português na Ásia, o desaparecimento de um grupo de jesuítas no sul da Índia e os diálogos entre um sacerdote denunciado à Inquisição e uma figura tenebrosa, o Príncipe do Oriente, seu anfitrião num castelo situado em plena floresta tropical de Goa. Ao longo do romance, o leitor descobre que o senhor do castelo é, na realidade, o Demônio, e que as conversas que este manteve com o padre Diogo de Távora foram registradas pelo religioso em cartas endereçadas ao superior da Companhia de Jesus e recuperadas apenas no início do século XXI. Os assim chamados "diálogos do castelo" revelam-se uma longa discussão sobre a história da humanidade, ocupando quase metade do livro e redigidos em português do século XVII. A despeito do assunto fora do comum e da linguagem complexa, o romance permanece há semanas na lista dos mais vendidos desta revista. Acusado de obscurantismo, o autor responde que o público quer o difícil e deve ser tratado com respeito.

Elogiado por seus pares, Daniel diz não se importar com rodinhas literárias, "que, aliás, nem sequer existem em Curitiba". Com sua cidade natal, o autor mantém uma relação de amor e ódio intensos. Ao mesmo tempo que a acusa de ser "a cidade menos literária, a mais tacanha e provinciana do Universo", afirma, entre sorrisos, que Curitiba "influencia cada um de meus pensamentos". Foi na capital do Paraná, num chuvoso e gélido dia de abril, que o jornalista Paulo Bellotti encontrou-se com a grande revelação da literatura brasileira em 1993. O resultado é o texto que você lê a seguir.

De fato, na manhã marcada para a entrevista, uma garoa fina caía quase verticalmente sobre a cidade, umedecendo aos poucos um dia frio e triste. O que os leitores da revista não tinham como saber é que nosso primeiro encontro com Paulo Bellotti se dera no dia anterior, sob um clima distinto. Como costuma acontecer após madrugadas de geada, Curitiba amanhecera coberta por uma névoa espessa, que bloqueava o pequeno aeroporto de São José dos Pinhais e envolvia casas e praças numa atmosfera onírica de umidade algodoada. Ao longo da manhã, o nevoeiro deu lugar a um céu azul muito claro, no qual se perdia um sol tímido demais para aquecer as casas fustigadas por uma das frentes frias que periodicamente assaltavam a cidade a partir do sul. Eu havia passado um bom tempo à janela, respirando o ar gelado e olhando os diminutos táxis alaranjados na Voluntários da Pátria, quando avistei meu amigo de pé, colocando o casaco e preparando-se para sair. Com um movimento de cabeça, perguntei o que estava acontecendo. Erguendo dois livros na mão direita, ele disse:

— Estão atrasados. Se eu não devolver hoje, fico uma semana sem poder pegar nada emprestado. Depois vou passar na Ju e na Feira dos Livros Usados. Quer vir junto?

Sua obsessão da época me escapa, mas lembro-me vivamente de seu frenesi atrás de não sei quais volumes imprescindíveis. Àquela altura, Daniel já era uma pequena sensação, e em breve o dinheiro ganho com o próprio romance haveria de eliminar o problema para sempre. Mas até ali prevalecia ainda a luta bibliográfica de cada dia, a caça aos livros necessários na cidade menos literária do mundo, uma tarefa esgotadora e frustrante. Quantas horas gastas vasculhando sebos, importunando livreiros e percorrendo as fichas de cartolina dos arquivos da Biblioteca Pública do Paraná! Sobre essa veneranda instituição — algo como um território livre que sempre concedeu asilo aos desajustados da terra —, meu amigo brincava que era possível fazer um programa completo de leitura em humanidades só com as obras doadas por Wilson Martins, muitas vezes ainda com as dedicatórias dos autores ao crítico curitibano. Em pouco tempo, Daniel seria mais rico do que jamais poderia imaginar — e me recompensaria na mesma proporção. Mas, naquele momento, eu ainda o via pronto para sair sob um frio dos diabos para devolver livros amarelados e remendados com fita adesiva.

Divertido pelo ridículo da situação e sem nada melhor para fazer, vesti uma pesada japona e saí em sua companhia para as ruas geladas. Na Cândido Lopes, uma senhora com um xale de tricô roxo jogado sobre os ombros carregava um vaso de flores à nossa frente quando a porta giratória do Hotel Bourbon cuspiu sobre ela uma figura distraída e apressada. Não houve propriamente colisão, mas o susto os levou a uma cômica coreografia em busca de equilíbrio, que terminou com a mulher caindo sobre mim e o vaso nas mãos de Daniel. Devolvidas as flores, a senhora de xale partiu apressada, deixando-nos a sós com seu agressor. Um pouco atordoado, ele me pediu que segurasse o livro que tinha nas mãos enquanto recolocava a boina de lã e arrumava o cachecol desalinhado na confusão. O hotel e o volume de capa verde entregavam o jogo desde o princípio, mas perguntei mesmo assim:

— Por acaso você não é o Paulo Bellotti?

Após rearranjar a boina sobre os cabelos ondulados, Bellotti nos olhou de cima a baixo, desconfiado, e estendeu a mão. Vestindo com apuro um sobretudo de lã cinza-chumbo, óculos de aros grossos e cachecol lilás, sua imagem destoava dos frequentadores do pequeno comércio da região que nos cercavam na calçada estreita. Após as apresentações, fui assaltado por uma dúvida súbita: será que eu havia me confundido com as datas da entrevista? Contrariado por ter sido interrompido, Bellotti explicou que não havia engano. Ele estava na cidade já havia alguns dias, trabalhando numa série de matérias para um suplemento especial que a revista publicaria sobre Curitiba. A última tarefa da viagem — não ligada ao tal suplemento — seria justamente o encontro com meu amigo no dia seguinte. Até aquele momento, nenhum de nós havia se movido e conversávamos entre encontrões e empurrões dos transeuntes. Foi quando o jornalista teve uma ideia:

— Eu tinha um encontro com o prefeito hoje de manhã, mas um assessor me ligou remarcando para a tarde. Se você estiver livre, não quer fazer a entrevista agora mesmo? — perguntou ele a Daniel, que observava com interesse aquela figura tão diferente. Com seu jeito sério e um pouco enigmático, meu amigo fixou os olhos azuis em Bellotti e respondeu devagar:

— Tenho outra proposta. O Roberto e eu temos umas coisinhas para fazer por aí. Por que você não vem junto e aproveita para dar um passeio pela cidade? A primeira parada é esse prédio aí em frente.

Resignado, Bellotti deixou-se levar. Dentro da biblioteca, a atmosfera pesada, cheirando a suor e umidade, mostrava que seus administradores recorriam à velha prática curitibana de combater o frio impedindo a circulação do ar. Diante do balcão de devoluções, uma longa fila se estendia até o saguão de entrada. Avançávamos passo a passo em direção a um único funcionário de lentes grossas e barba por fazer, esperando nossa vez entre velhinhos e estudantes. Daniel mantinha-se calado, deixando a nosso acompanhante a tarefa de quebrar o gelo.

Depois de algum tempo, os olhos de meu amigo recaíram sobre o livro que o jornalista tinha nas mãos. Ao observar a inconfundível capa verde de seu próprio romance, um sorriso malicioso lhe passou pelos lábios:

— E você, está gostando da leitura?

Pela quantidade de pedacinhos de papel cobertos de anotações marcando suas páginas, era visível que o livro fora estudado com atenção. Bellotti confidenciou-nos que terminara de lê-lo pela segunda vez no avião antes de chegar a Curitiba. Havia muito o que perguntar, mas, por ora, sua única curiosidade era sobre o tema. De onde viera aquela história tão rara, tão diferente?

Meu amigo deu de ombros:

— A história nasceu de uma implicância com Guimarães Rosa. Na verdade, quando comecei a escrever *Os diálogos do castelo*, eu tinha dois objetivos com o livro: ir embora daqui e melhorar o *Grande sertão: veredas*.

— Ir embora daqui?

Bellotti reproduzia com a mão o gesto circular e amplo de Daniel enquanto olhava para o saguão da Biblioteca Pública do Paraná.

— Não daqui, óbvio. Se eu pudesse, me mudaria para cá e dormiria entre as prateleiras de livros. Ir embora deste lugar horroroso, de Curitiba.

— E como é essa história do Guimarães Rosa? — num movimento instintivo, o jornalista tirara um bloquinho do bolso e tomava notas com fúria. — Você queria melhorar o *Grande sertão*? Mas como?

Daniel sorriu e, pela primeira vez desde a trombada na frente do Bourbon, vi seus olhos brilharem de contentamento.

— Ah, meu amigo. Essa é a questão!

Bellotti contraiu os olhos com força numa careta de confusão. Subitamente, ele me pareceu frágil e patético com sua boina e seu cachecol.

— O Diabo, a questão é o Diabo — explicou Daniel.

— Senhor! Senhor! É sua vez. — O funcionário de lentes grossas e barba por fazer tentava atrair nossa atenção, sua voz apática nos chegando como um gemido a distância. Sem percebermos, a fila havia se transformado em plateia; todos queriam estar perto de Daniel. Entre nós e o guichê de devoluções havia mais de um metro de espaço vazio. Na confusão, alguém se lembrou de trazer o exemplar de *Os diálogos do castelo* da biblioteca — doado por Wilson Martins — para o autor assinar. Mais e mais gente chegava; o círculo ao redor de Daniel se estreitou. Sem ser notado, afastei-me do grupo que se formava e coloquei sobre o balcão os dois volumes gastos que vi durante semanas nas mãos de meu amigo. Por trás dos óculos um pouco sujos, o funcionário observava sem emoção o pequeno tumulto à sua frente. Estendendo o braço para pegar os livros, disse:

— Conheço esse menino há muitos anos. Ele vem sempre aqui, mas é a primeira vez que acontece uma coisa dessas.

De volta à rua, uma procissão de ônibus amarelos passou pesadamente por nós em direção à praça Tiradentes. Vendo a catedral a distância, Bellotti fez menção de conhecê-la. Daniel franziu o rosto numa expressão de desdém:

— Nada de especial, acredite.

Apontando na direção oposta, perguntou:

— Você está com muita pressa? Minha noiva mora aqui pertinho e combinei de passar na casa dela. Por que você não vem com a gente e depois vamos almoçar em algum lugar lá por perto?

Na porta da Biblioteca Pública, espremido na calçada estreita, Paulo Bellotti aceitou, sem discutir, o peripatetismo imposto por meu amigo àquela conversa. Juliana vivia num apartamento na rua Saldanha da Gama. Nosso caminho habitual era praticamente uma linha reta.

Naquela manhã, andávamos encolhidos, com as mãos nos bolsos, desviando-nos da multidão e buscando o calor dos raios de sol que escapavam dos edifícios da Marechal Deodoro. Ao cruzarmos a Mariano Torres, as calçadas se estreitaram, mas, em compensação, passamos a tê-las só para nós

— Mas então, o que tem o *Grande sertão* a ver com seu livro? — voltou à carga Bellotti, tão logo nos vimos a sós.

— Em certo sentido, tudo — respondeu Daniel. — Você quis saber de onde tirei a ideia para escrever *Os diálogos do castelo*. Bem, ela veio daí. Um belo dia me dei conta de que nossa literatura praticamente não falava do Demônio. Uma coisinha aqui, outra ali, claro, mas muito abaixo do que uma figura como essa poderia render, você não acha? Mesmo esteticamente. Em determinado momento, comecei a fazer a todo mundo que eu encontrava a mesma pergunta: qual é a grande obra-prima brasileira sobre o Diabo? E adivinhe qual era a única resposta?

— Posso imaginar.

— Resolvida essa questão, minha primeira providência foi reler o *Grande sertão* com muito cuidado à procura do Diabo.

— E então?

Entre as notas que tomava à medida que caminhávamos e as interjeições que lançava de tempos em tempos para instigar a fala de meu amigo, pouca atenção sobrava a Bellotti para saltar buracos, evitar paralelepípedos soltos e desviar-se dos pedestres avançando na direção contrária, o que resultou em não poucos tropeções e empurrões ao longo do percurso.

— Olha, é complicado. Por um lado, percebi que *Grande sertão: veredas* é um livro profundamente satânico. O satanismo é o centro, a verdadeira essência do romance. Para ser sincero, acho que fui o primeiro a perceber isso de verdade.

— Satanismo? Como assim?

A mesma expressão de confusão e fragilidade caía sobre o jornalista.

— É complicado demais para explicar agora. O importante é que o livro é satânico, sim, mas a seu modo, de acordo com sua natureza. E isso me incomodou.

— "Satânico a seu modo." Que porra...? — resmungou Bellotti, enfiando o pé até a canela em sua segunda ou terceira poça d'água.

Fizemos um movimento para atravessar a Marechal em direção a uma papelaria que também servia como banca de jornal e tive de segurar Daniel pelo braço para evitar um atropelamento. Comprei a *Folha* e um doce de mocotó; Bellotti, a *Gazeta* e cigarros.

— Relendo com atenção, a natureza marcial do livro foi me chamando cada vez mais a atenção. É um negócio que salta mesmo aos olhos.

— Como assim?

— "Matar, matar, sangue manda sangue" — declamou Daniel. — *Grande sertão: veredas* está sob o signo de Marte. Ele é violento, seco e quente. Mais de quinhentas páginas de guerra, morte e sangue derramado. Repare como há poucas mulheres, pouca beleza no romance. Guimarães Rosa fez uma obra desequilibrada, uma obra sem Vênus. Vêm daí a surpresa e o desconcerto do final, aliás, quando Vênus aparece só depois de morta e o leitor percebe que ela esteve ali o tempo todo, travestida de Marte.

No ambiente fechado, isolado da rua, Daniel baixou a voz.

— *Grande sertão: veredas* é um livro abrasivo, sem suavidade, que não seduz. Esse exagero marcial me incomodou, sabe? É claro que o Diabo tem também essa cara, o general Sherman que o diga. Quando os homens se matam, Satanás sorri e esfrega as mãos, satisfeito. Mas não é tão simples, as coisas não são tão simples assim, meu amigo. O Demônio é muito mais do que isso.

Sobre o balcão da papelaria, Bellotti anotava o que podia. Nos intervalos, com a boina lhe caindo sobre a testa, fitava Daniel, confuso.

— Você fala como se o Diabo existisse.

O sorriso irônico do jornalista encontrou a expressão seca de meu amigo, que ignorou a interrupção e continuou:

— Então, foi isso que aconteceu. Em determinado momento, eu me convenci de que o livro não fazia justiça a Satanás, que era preciso criar... Não, criar não é bem a palavra. Eu me convenci de que era preciso retratar outra face do Demônio. Naquela época, estava na moda escrever sobre bandidos, facas, essas coisas. Mais violência, só que urbana e irônica; violência rebaixada. Percebi que nunca leria um retrato fiel do Adversário se eu mesmo não o escrevesse. Foi assim que virei escritor e foi assim que surgiu *Os diálogos do castelo*.

Passando a reitoria e o Chain, o caminho se transformava numa pequena subida, de onde avistávamos nosso destino. A falta de fôlego cortou por alguns segundos a fala de Bellotti.

— Falta muito? — perguntou ele, respirando pesadamente.

— Não, é logo ali — respondi, apontando para o grande edifício cinzento onde Juliana morava num quarto e sala no sexto andar.

Bellotti balançava a cabeça e arfava, buscando assimilar as informações despejadas por Daniel.

— Interessante, interessante — murmurava. — Interessante mesmo. Outra coisa que me chamou muito a atenção foi a epígrafe — disse, atrapalhando-se com o jornal nas mãos enquanto tentava caminhar e abrir o livro em busca do texto exato.

— "A inteligência, a sensibilidade e a espiritualidade de Satã são sempre exatamente proporcionais à inteligência, à sensibilidade e à espiritualidade do indivíduo sobre quem ele está trabalhando" — recitou meu amigo.

— Essa mesma!

— Sou um grande admirador de epígrafes. Pobre é o leitor que não sabe lê-las — disse Daniel, já na portaria do prédio.

Juliana nos esperava à porta de seu apartamento. Ao fim do longo corredor escuro, a luminosidade vinda de trás dela incidia sobre seu contorno esguio, conferindo-lhe uma aparência hierática e misteriosa. Na convivência diária, a beleza de Juliana passava rapidamente ao segundo plano, como se aquele temperamento contido fizesse uma deferência ao protagonismo dos demais. O efeito de um primeiro encontro, porém, costumava ser desorientador. Ao entrarmos, percebi, divertido, o impacto que sua figura alta, vestida de maneira simples com botas de couro marrom e um casaco de lã com botões abertos sobre uma blusa de Lycra preta, causou sobre Bellotti. Alheio, Daniel disse simplesmente:

— Juliana, minha noiva.

Ela sabia da entrevista e ficou contente em conhecer o autor das colunas que lia nos jornais. Após alguns segundos de apresentações, os noivos foram para a cozinha preparar um chá. Sentei-me na única poltrona da sala enquanto Bellotti tirava lentamente o sobretudo. Num gesto de decoro, buscando se proteger da intimidade do casal que nos chegava diretamente do cômodo ao lado, ele se pôs a examinar os livros da estante na parede oposta àquela onde estávamos.

A conversa na cozinha estendia-se. Era impossível não acompanhar os planos de casamento e a discussão sobre quando a noiva entregaria o apartamento e comunicaria à família a mudança de trabalho, de cidade.

— Esse aqui também tenho, é muito bom — sussurrava para si mesmo o jornalista.

Bellotti estava já nas prateleiras perto do chão quando o chá ficou pronto. Após deixar a bandeja com as xícaras em cima da mesa, a dona da casa aproximou-se em silêncio do convidado que lhe dava as costas e retirou da estante um volume de capa branca e vermelha.

— Algo me diz que o livro que você vai achar mais interessante é este aqui. Ah, mas eu não deveria mostrar isso para um jornalista — acrescentou, fingindo preocupação.

Daniel, que também acabava de passar à sala, riu. Os noivos trocaram um olhar de cumplicidade. Bellotti examinava, confuso, o livrinho. Na capa, em letras maiúsculas vermelhas, lia-se: *A bola de sebo e outras histórias.*

— Conheço esta antologia. Na verdade, acho que ganhei um exemplar da editora. Mas por que vou achar interessante? — perguntou ele, sem entender a graça da brincadeira.

— Bem, não quero arruinar a reputação de um grande escritor que, ainda por cima, acaba de publicar seu primeiro romance. Mas é que...

Daniel aproximou-se e passou os braços ao redor da cintura da noiva. Um curto beijo e os dois voltaram a rir como adolescentes. Diante do olhar cada vez mais perdido do jornalista, Juliana por fim explicou:

— Veja quem traduziu *A bola de sebo e outras histórias*.

Bellotti abriu o livro e leu em voz alta:

— Daniel Hauptmann. Veja só, eu não tinha reparado.

Acariciando o rosto de Daniel, ela perguntou:

— Posso contar tudo, tudo mesmo?

— Você já começou.

Com suavidade, a dona da casa nos guiou para as quatro cadeiras dispostas ao redor da mesa num canto de sua minúscula sala. Enquanto nos servia chá, tomou o livro das mãos de Bellotti e folheou-o, divertida.

— Pois bem, esse Daniel Hauptmann — disse, apontando para as primeiras páginas — não passa de uma mentira. O verdadeiro Daniel é outro, muito diferente.

Imitando um ar contrito, meu amigo baixou a cabeça enquanto se explicava com os olhos cheios de malícia.

— Eu estava escrevendo meu livro, o dinheiro andava curto e o aluguel estava atrasado. Sabe como é, né? O Roberto aqui não estava dando conta sozinho. E não podíamos recusar trabalho. Era uma situação de emergência, de desespero.

Bellotti olhava um pouco incrédulo para Juliana enquanto ríamos muito lembrando a história da tradutora fantasma. Em meio às brincadeiras, Daniel pegou *A bola de sebo e outras histórias* das mãos da noiva, riscou seu nome da terceira página e escreveu ao lado, a caneta, em letras maiúsculas: JULIANA YAMAMOTO.

— Pronto! Corrigida uma injustiça histórica. Ju, guarde este livro. Daqui a cinquenta anos ele vai render alguma tese de mestrado.

Foi a deixa para nos levantarmos. A dona da casa voltaria ao trabalho e nós, às ruas. Conversávamos na esquina por um momento quando Bellotti ergueu os olhos por cima do meu ombro e, com uma expressão de espanto, apontou para o vazio atrás de mim:

— O que é aquilo?

— Ah! "Aquilo" é o meu lugar preferido na cidade — disse Daniel, com um sorriso radiante. Vamos dar uma passadinha ali antes do almoço.

— Bom, meninos, é aqui que me despeço. Tenho que ir para o outro lado. Beijinhos a todos.

Permanecemos no mesmo lugar por alguns segundos, observando Juliana subir a Marechal em direção ao Alto da XV.

— Muito simpática, sua noiva.

— Ela é o máximo.

Sacudindo a cabeça como se acordado de um sonho, meu amigo começou a caminhar a passos largos para longe de nós. Novamente o jornalista assentiu e, com docilidade, deixou-se conduzir pelo escritor a quem viera entrevistar. Em menos de um minuto, o alto muro à nossa esquerda desapareceu e avistamos a praça do Expedicionário. De costas para nós estava "aquilo". O PT-47 Thunderbolt, marcado com o tradicional emblema "Senta a Pua", era um ímã para os olhos. Ao confirmar que realmente via um avião de combate suspenso a três metros do chão no meio de uma pacata pracinha de bairro, nosso companheiro soltou uma interjeição de espanto e meu amigo sorriu de contentamento. Fiz menção de mostrar a placa de granito com os nomes dos pracinhas paranaenses mortos na Itália instalada ao pé do mastro, mas Bellotti queria saber mais sobre o lugar.

— Este é o Museu do Expedicionário — disse Daniel. — Não importa quantos parques e pontos de ônibus o pessoal da prefeitura tenha te mostrado, você não pode dizer que conhece Curitiba se não tiver passado por aqui.

Detendo-se no último degrau da escadaria de pedra que levava ao edifício, ele deu as costas à porta e chamou nossa atenção para um ponto do outro lado da rua, na altura da asa esquerda do avião.

— Você está vendo aquele prédio cinza, com as paredes cobertas de hera?

Os raios de sol iluminavam o avião de maneira delicada enquanto uma aragem sacudia ritmicamente as árvores da rua e trazia de longe algumas nuvens escuras.

— Ali ficava uma fábrica de velas, acho, de uma família de imigrantes suíços. Há alguns anos o Goethe se mudou para lá, e, sempre que eu saía das aulas pela manhã, passava no museu a caminho do trabalho.

— Você estudava no Goethe?

— Não, eu dava aulas lá. Outras vezes eu vinha encontrar a Ju na Aliança Francesa, que também fica no mesmo prédio, e ela me acompanhava. Este lugar não tem igual — disse, apontando para a porta de entrada. — O silêncio é sobrenatural, e, não importa a hora do dia, sou sempre a única pessoa lá dentro. Você tem que ver.

Com uma introdução como essa, seria impossível ignorar o museu. Concordamos com uma visita relâmpago antes do almoço. Coube a mim abrir a porta de vidro, grande e pesada em sua armação de metal, e liderar nosso grupo em direção ao silêncio. Sem dizer palavra, entramos em fila indiana na antessala estranhamente escura, cumprimentamos o vigia e assinamos o livro de visitas. Logo passamos ao hall principal. No topo de duas escadarias que partiam de onde estávamos e conduziam ao segundo andar, via-se pendurado um enorme quadro retratando soldados verde--oliva num assalto militar.

— A tomada de Monte Castelo — disse Daniel em voz baixa.

Ignorando as escadas, passamos à ala direita do edifício, ao espaço dedicado à guerra naval. Em minutos, o fascínio do ambiente nos absorveu por completo. Como sempre, não havia ninguém mais em parte alguma, visitantes ou funcionários. A tentação de tocar, de sentir o metal frio e rugoso de bombas, torpedos, metralhadoras e morteiros era irresistível. Daniel conhecia cada medalha, cada mapa, cada máscara contra gás. Bellotti seguia-o de perto, ouvindo com atenção as explicações sussurradas.

Não sei por quanto tempo percorremos salas e corredores, detendo-nos sobre mostradores de acrílico, peças de artilharia, sacos de areia e manequins vestindo todo tipo de uniforme. O estranho silêncio indicado antes por meu amigo compunha a atmosfera irreal do lugar. Já perto da saída, notei Bellotti examinando com cuidado uma parede coberta por panfletos de guerra psicológica. Era minha seção preferida do museu.

— Veja estes aqui — sussurrei, apontando para alguns escritos em português, lançados pelos alemães sobre as tropas brasileiras.

Na praça, os tímidos raios de sol haviam sido cobertos por nuvens negras, chamando a atenção para a passagem do tempo. Bellotti perguntou onde comeríamos. Daniel lembrou-se de seu restaurante preferido, o ponto de encontro dos libaneses no centro da cidade.

— Você não quer que a gente faça todo o caminho de volta até a Boca Maldita só para comer lá, né? O Paulo deve estar cansado e com fome depois de andar até aqui.

Meu protesto e a tentativa de apelar para nosso visitante foram em vão. Bellotti hesitou por um segundo, tempo suficiente para meu amigo dar uma tapinha nas costas de cada um de nós e começar a marchar em direção ao centro.

Já havia passado da hora de maior movimento quando chegamos ao restaurante e nos sentamos num salão vazio, onde ecoava a conversa em árabe do dono do lugar com seu filho atrás do balcão. Em minutos a mesa estava coberta de tabule, coalhada e quibe cru. Por um tempo, comemos em silêncio. Aos poucos, Bellotti foi nos contando que partira dele a ideia de fazer um caderno especial sobre Curitiba. Corria entre seus amigos, havia algum tempo, um zum-zum-zum sobre a cidade, ouvido também em algumas viagens à Europa. Convencer seu editor a topar o projeto havia custado trabalho, mas ele estava satisfeito. As entrevistas com os técnicos do IPPUC e as visitas guiadas que realizara em sua companhia o haviam convencido de que Curitiba era mesmo a cidade do futuro. Para concluir, queria uma matéria sobre literatura: Leminski, Daniel Hauptmann e seu grande ídolo, Dalton Trevisan. Conseguir umas poucas palavras de Dalton, talvez as primeiras em não se sabe quanto tempo, seria a glória. A princípio Daniel achou graça:

— Vocês fiquem com Curitiba, eu estou indo embora.

A notícia do casamento era novidade e, tristemente, entrou até na matéria da revista. Sim, confirmou, ele se casaria mesmo com Juliana e se mudaria em definitivo para São Paulo. Até o fim do ano, com certeza.

Ao longo do almoço, o jornalista aos poucos foi percebendo que a agressividade amarga com que meu amigo falava de sua cidade natal era sincera. Reclinando-se sobre o encosto da cadeira, observou-o com cuidado, tentando decifrar algo que lhe escapava. Será que Daniel não via o horror de São Paulo — Jânio, Maluf? Curitiba, por sua vez, era uma promessa. Ele entendia que estava fugindo do futuro?

— Eu não estou defendendo tua cidade ou qualquer outro lugar. Sem querer ofender, São Paulo fede. Na verdade, para mim tanto faz, desde que eu consiga ir embora daqui.

— Dalton Trevisan ficou. Ficou e transformou a cidade em literatura. Mesmo que você não goste, é uma possibilidade, sempre é uma possibilidade — disse Bellotti.

Quase pude ouvir a resposta de Daniel em minha cabeça. Quando levantei os olhos para seu rosto, no entanto, vi-o em silêncio, triste, olhando para o jornalista e movendo a cabeça.

— É, ele ficou.

Aproveitando a deixa, contei a Bellotti que havia pouco tínhamos passado perto da casa de seu ídolo. Dalton era vizinho de Juliana, e estávamos cansados de vê-lo pela rua.

— Sério? Será que dá para voltar lá? Vocês acham que assim, de surpresa, ele toparia uma entrevista, uma foto? Não, né? No fundo, acho o máximo toda essa aura de mistério. É uma sacada de gênio!

O tempo estava acabando e a entrevista formal ficaria mesmo para o dia seguinte. Antes de partir para entrevistar o prefeito, Bellotti aceitou uma última parada na Feira dos Livros Usados, onde algumas encomendas me esperavam.

— É o sebo mais antigo de Curitiba — explicou Daniel no caminho.

Espremida na Emiliano Perneta, a Feira ocupava o térreo de um edifício de quatro andares. Ao cruzar suas portas de madeira com painéis de vidro, flanqueadas por duas pequenas vitrines expostas para os pedestres, entrava-se num ambiente escuro, sempre mais frio do que o exterior, impregnado do cheiro doce de papel envelhecido. Mais comprido do que largo, o sebo era dividido ao meio por

74

uma estante altíssima que se estendia quase até os fundos e seccionava o espaço em duas galerias com paredes de livros do chão ao teto. Logo na entrada, perguntei por Irajá, o dono do lugar, que fazia dias guardava para mim atrás do balcão alguns livros que eu havia encomendado. O rapaz do caixa me disse que ele tinha ido para casa. Perguntei se algo acontecera e ficamos um tempo ali, batendo papo sem importância ao som do tráfego da Emiliano. Daquele ponto estratégico, pude observar Daniel e Bellotti no fundo da loja explorando as estantes e conversando. O assunto parecia sério, os dois se encarando com frequência, ignorando os livros que tinham nas mãos. Meu amigo gesticulava, o outro ouvia com atenção.

Por fim, curioso, caminhei em direção a eles entre dicionários e romances policiais até começar a escutar suas vozes com clareza.

— Pô, Daniel! Essa Curitiba que você está descrevendo não tem nada de única! A classe média é igual em qualquer lugar. Parece que você estava falando da Pompeia da minha infância. O sonho da minha avó era que eu fosse advogado.

Meu amigo puxou um livro da estante. O desenho da capa me mostrou o motivo de os dois estarem conversando exatamente naquele lugar.

— Você tem razão, claro. Mas isso é só uma parte da questão, a menos importante.

— Então me diga o que é importante. Quero saber o que este lugar tem de especial.

Daniel correu os dedos pelas páginas do livro em suas mãos, como se procurasse as palavras certas. Por fim, disse:

— Agora há pouco você me falou que estava interessado nos escritores de Curitiba.

— Sim, ainda quero escrever algo sobre eles.

— Você falou em "poeta maldito", no "nosso Salinger". Para começar, vamos chamar as coisas pelos seus nomes, vamos falar em bom português...

Por segundos, o ruído de um escapamento aberto cortou o ar até os fundos do sebo e abafou a voz de meu amigo. Tudo o que vimos foi um gesto amplo, em direção aos edifícios da praça Osório.

— ... eu estava numa festinha de aniversário da família da minha mãe quando alguém contou que o Paulo Leminski tinha morrido. "Quem?", perguntou meu tio. "Aquele bêbado", respondeu meu pai. "Aquele bêbado"! Em Curitiba não existem poetas, em Curitiba nunca existiu um escritor. Aqui, eles não passam de... um alerta. Ah, é isso mesmo, aqui eles são um aviso.

Colocando as mãos nos bolsos e desviando o olhar, Bellotti respondeu:

— Perdoe a franqueza, mas essa é, ou era, a lógica da província. Os tempos estão mudando, sem dúvida, mas naquela época não havia opção. Eles deveriam ter ido embora. Os dois tinham talento e capacidade para se estabelecer onde quisessem.

Por segundos, as feições de meu amigo se contraíram numa careta feroz antes de cederem lugar a uma expressão de imensa tristeza. Dando de ombros, ele rosnou com amargura:

— Eis a questão, meu amigo. Eles não foram embora *porque ninguém sai de Curitiba*. Até aqui, tudo podia ser igual à Pompeia da sua infância ou a qualquer outro fim de mundo, mas o que esta cidade tem de particular, de único, é que ela não deixa ninguém escapar. Não me pergunte por quê. Eu não sei, eu não sei. Mas é uma maldição: *ninguém escapa de Curitiba*.

No rosto de Daniel havia uma angústia como eu nunca vira. Por alguns segundos, temi que ele não fosse capaz de continuar. Deixando cair os braços, porém, meu amigo prosseguiu.

— Cada um reage de acordo com seu temperamento, é claro. O Leminski se debateu até o fim, tentou ir embora várias vezes, primeiro para um mosteiro, depois para o Rio e, por último, para São Paulo. Mas sempre voltava. Voltou para morrer: bêbado, fodido e triste. E o Dalton se enterrou vivo, "o vampiro de Curitiba". Um vampiro, puta merda! Ninguém é capaz de perceber que vampiros não têm alma? Dalton Trevisan escondido do mundo é uma alegoria vagabunda e cruel da vocação realizada em Curitiba, da personalidade comprimida até o limite da anulação.

— E você? — perguntou Bellotti, com os olhos arregalados encarando vivamente meu amigo.

— Eu? Eu vou embora daqui, vocês vão ver.

Não havia mais o que dizer. Na rua, caía uma garoa rala. Daniel recolocou com cuidado o *Cemitério de elefantes* no espaço vazio da prateleira. Em seguida, atravessamos em silêncio as estantes e penetramos, descobertos, na chuva fria.

Capítulo IV

— ACABOU A novela.

— Eu escutei.

Larissa havia entrado devagar no quarto escuro, onde sabia que encontraria o irmão acordado.

— Quer que eu leia um pouco para você?

— Se você quiser...

— Claro, mas não pode ser outro livro? Aquele é tão complicado...

Roberto revirou-se na cama antes de responder.

— Não precisa, deixa pra lá.

— Ai, não seja difícil! Se fosse um mais fácil o Arthur poderia ler também. Sempre que estou na cozinha ele vem perguntar de você.

— Eu escuto.

— Na escola descobriram que ele é teu sobrinho. Os amigos estão curiosos, ficam fazendo perguntas.

— Não precisa retomar de onde parou ontem. Pode abrir o livro em qualquer parte e começar a ler.

Larissa sentou-se à escrivaninha e direcionou o facho de luz do abajur para a página marcada.

Ah, tem uma repetição que sempre outras vezes em minha vida acontece. Eu atravesso as coisas — e no meio da travessia não vejo! — só estava era entretido na ideia dos lugares de saída e de chegada. Assaz o senhor sabe: a gente quer passar um rio a nado, e passa; mas vai dar na outra banda é num ponto muito mais embaixo, bem diverso do que em primeiro se pensou. Viver nem não é muito perigoso?

Ela respirou fundo, tomando fôlego.

— Pode parar, sei que é chato. Eu já estava mesmo pensando em contratar uma pessoa.

— Para quê?

— Para ler para mim.

— Ah, Roberto, você não vai pagar a alguém para ler, por favor!

— Qual é o problema?

— Por favor, não gaste dinheiro com isso. Não quero. Você já está sendo tão bacana com a gente, pagando a escola do Arthur, tanta coisa...

Ele não respondeu, e um silêncio desceu sobre o quarto à meia-luz. Larissa deixava a televisão ligada todo o tempo porque não suportava o silêncio.

— Estão dizendo que ele deixou todo o dinheiro para você.

Os segundos de espera foram mais do que ela conseguia suportar.

— Você está me ouvindo?

— Quem está dizendo?

— Na internet, estão dizendo. Que ele deixou tudo para você. É verdade?

— Larissa, estou preso no teu apartamento há mais de um mês e não enxergo nada. Como vou saber? Pare de ler essas merdas na internet, por favor.

— É verdade, Roberto? Ele era rico?

— Não, não é verdade. Daniel tinha um filho. Uma filha, na verdade. Ninguém ficou sabendo; a mãe nunca pediu pensão. Acho que a menina nem está registrada com o nome dele. Aliás, uma das pessoas que o Daniel matou naquela noite foi o tio da própria filha. A maior parte do dinheiro vai para ela, é óbvio.

— Ele era rico?

— Depende do que você chama de rico, mas ele ganhava bem e só gastava com livros. Deve ter sobrado um bom tanto.

— Apareceu um advogado falando que ele deixou dinheiro para você. Vi agora há pouco na internet.

Roberto sentou-se na cama e apoiou os cotovelos nos joelhos.

— Um pouco antes de se mudar para Barcelona ele fez um testamento. Não sei se houve alguma mudança depois disso. É possível.

— Um testamento?

— É, um negócio bem simples. O que não fosse para a filha seria dividido entre mim e o André. Como o André morreu, acho que fico com tudo. A menina recebe a maior parte, então não pode ser muito. Deve ser disso que o advogado estava falando.

— Estão dizendo também que o André era gay, que ele tinha um caso com o Daniel.

— Larissa, pare de ler essas merdas, por favor. Ou, se ler, não comente comigo.

— Sempre achei que ele tinha jeito de gay. Não faça essa cara, é verdade.

Dessa vez ela não conseguiu impedir o silêncio, rompido em intervalos regulares cada vez que os sinais se abriam e os carros arrancavam na Lamenha Lins. Por fim, Roberto voltou a falar.

— Sabe o filho daquele teu colega de trabalho? O piá que estudava jornalismo e que estava fazendo um trabalho sobre o Daniel, aquele que você pediu para eu ajudar no ano passado?

— Sei, o Tomás.

— Você pode descobrir o contato dele amanhã e perguntar se ele quer ler para mim? Diga que pago bem.

— Pelo que sei, ele estava procurando emprego.

— Melhor ainda.

— Quer que eu leia mais um pouco antes de você dormir?

— Quero.

Capítulo V

> *[...] y aunque conozco las pequeñeces,
> miseriucas y envidiejas de la provincia,
> declaro preferir la vida en ésta a la vida en
> una gran capital, en la que la personalidad
> acaba por borrarse y en el que flota en
> la atmósfera moral un cierto éter de
> mediocridad uniforme.*
>
> — Miguel de Unamuno

Leitores com mais de 30 anos se recordarão daquela época. O rosto sério de Daniel dividia capas de revista com atores e políticos. Na televisão, seu sotaque curitibano chamava a atenção em programas de entrevistas. Em meados dos anos 1990, ele era muito famoso, e não só entre nós, brasileiros. A Europa começava a notar *Os diálogos do castelo* — em pouco tempo seria impossível ignorá-lo — enquanto no Brasil o "livro sobre o Diabo" permanecia, mês após mês, no primeiro lugar das listas de *best-sellers*. A princípio, ele mesmo respondia às cartas que lhe chegavam. Em pouco tempo, a Praça do Mercado teve de destacar uma pessoa apenas para cuidar da correspondência de seu autor mais famoso. Esse era o nível de irrealidade de nossos primeiros tempos em São Paulo. De certa forma, o período que Daniel passou na cidade, aqueles anos oníricos, ficou marcado em minha memória como uma época em que tudo parecia estar fora de si.

Para começar, havia a figura de André Weiss, tão estranha, onipresente, necessária. Olhando para trás, é óbvio que André entendeu nossa situação num olhar, provincianos na cidade grande, e tomou para si a tarefa de remediá-la. Nascido numa família de dinheiro antigo da Bahia, ele cedo partira para estudar em Paris sob a bênção aliviada do pai, desgostoso com sua falta de interesse pelos negócios e seus modos pouco viris. O tédio o trouxera de volta ao Brasil, onde o dinheiro, o amor pelos livros e uma personalidade sedutora lhe garantiram um lugar como um dos principais editores do país. Sua pele era morena e brilhante (Daniel divertia-se dizendo que "Weiss", nome de um amor que o marcara na França, era uma "descrição metafísica"); seus movimentos, lentos e cerimoniais; seu temperamento, refinado e quase feminino. A cintura enorme, protuberante sob as camisas caras, traía a natureza sensual de seus gostos.

Desde o princípio, André se mostrou fascinado pela inteligência de meu amigo, e o apoio sincero que prestou a seu livro foi determinante para que *Os diálogos do castelo* transpusesse o pântano dos lançamentos de autores iniciantes. Por motivos pessoais e, creio, um tanto tortuosos, ele sempre demonstrou uma enorme gratidão a Daniel.

— A acídia tem dois antídotos, dois apenas: dificuldades ou recompensas. Até publicar este romance, eu nunca havia experimentado nem um nem outro — costumava dizer.

No fim, o desafio daquele homem pesado, cortês e perspicaz foi administrar o sucesso do best-seller mais improvável da história do Brasil e a carreira de seu autor, um curitibano temperamental e brilhante. E, justiça seja feita, André entregou-se à tarefa de coração. Intelectualmente, havia pouco a acrescentar além de franquear sua refinada biblioteca pessoal à livre exploração de meu amigo. Em outras frentes, porém, tudo estava por ser feito. Não creio que diminua Daniel ao dizer que, de certa maneira, André o educou. Da gastronomia às viagens internacionais, a influência do editor sobre seu autor-estrela foi enorme. Mas em nenhum ponto ela foi mais importante do que em seu esforço para que Daniel fosse aceito na rarefeita elite dos meios literários e intelectuais de São Paulo e do Rio.

— Você é jovem, bonito e inteligente; seu livro vende como os do Paulo Coelho, com a diferença de que é bom e bem escrito. Assim é difícil, meu caro, muito difícil. Se você escrevesse como um primitivo, fosse feio ou hermético, a parada estaria ganha. Mas talento e sucesso juntos geram inveja, e a inveja, dificuldades — dizia André, arqueando as sobrancelhas. — E isso porque as pessoas não imaginam o que se passa entre seus lençóis — completando com uma gargalhada.

Da mesma forma que a promoção da obra, a divulgação do autor foi uma tarefa a que André se dedicou com afinco e graça. Surpreso, vi Daniel entrar em seu papel com naturalidade. Escrevendo ensaios para suplementos dominicais, participando de livros coletivos e de ciclos de palestras ao

85

lado de estrelas do pensamento brasileiro, ele se movia seguro de si e sorridente num mundo muito diferente do que aquele em que havia sido criado. "Sinto como se estivesse numa festa sem fim", dizia. Com seu forte sotaque, falava em períodos completos a quem quisesse ouvi-lo, com uma cadência e uma velocidade que me lembravam o ruído de uma máquina de escrever massacrada por um datilógrafo experiente. E as pessoas o adoravam, desde o primeiro momento todos o adoraram. Era impossível um evento — festa ou jantar — em que ele não se visse cercado, gesticulando no centro de uma roda de curiosos. Talvez seja ingenuidade de minha parte, mas nunca percebi a inveja que André Weiss tanto temia, ao menos não com a intensidade prevista. Ao seu redor, eu só via admiração e curiosidade, respostas positivas a um desejo sincero de Daniel de se comunicar, de estar com os outros, na companhia que Curitiba lhe havia negado toda a vida.

Curitiba... Como detectado pelo faro jornalístico de Paulo Bellotti, mais ou menos na mesma época em que chegávamos a São Paulo, nossa cidade tornou-se famosa. Para um nativo, era curioso ver conceitos e topônimos vagamente exóticos, como canaletas do expresso, estações tubo, faróis do saber, Pedreira Paulo Leminski e Ópera de Arame capturando a imaginação do Brasil. Aquele lugar, onde até pouco antes morríamos de frio e de indiferença, passou da noite para o dia a ser "verde" e possuir "qualidade de vida". Seus prefeitos eram estrelas, famosos e queridos — raros políticos dos quais não se tinha vergonha. De fora, a impressão que me chegava era a de que toda semana Curitiba era eleita por alguma publicação, universidade ou organização internacional como um dos melhores lugares do mundo para viver. Em São Paulo, caixas de banco e professores da PUC me diziam que seu sonho era morar no Batel. Os paralelos com o sucesso de meu amigo eram demasiado gritantes para passar despercebidos, e mais de uma revista cometeu a óbvia capa dividida ao meio, com o Jardim Botânico ou a Ópera de Arame, de um lado, e Daniel Hauptmann, bonito e grave, do outro.

Meu amigo reagia com sarcasmo e amargura. Eu dizia que se tratava apenas de mais um caso de nostalgia do paraíso, da busca de um éden que ajudasse as pessoas a sonhar com um lugar diferente do horror em que viviam. O ponto, no caso, era que cada país tem o paraíso que merece. Daniel ria sem se convencer, até que o assunto rendeu um episódio curioso e constrangedor, certa noite, no apartamento de André Weiss.

À mesa, sete ou oito pessoas bebiam e relaxavam após um longo jantar em que ouvimos uma sensacional sequência de histórias de nosso anfitrião sobre seus anos em Paris. Da *rive gauche* a conversa passou a Hemingway. Aqui é preciso fazer uma pausa para explicar que Daniel sempre devotou ao norte-americano uma admiração feroz e, a meu ver, bastante exagerada, atribuindo à pura inveja qualquer crítica dirigida ao "Papa". Houve um tempo em que diminuir Hemingway era a maneira certa de chamar a atenção em conversas literárias e também de arrumar uma discussão com Daniel. Naquela noite, um convidado barbudo e gordo que nunca voltei a encontrar lembrou a *boutade* de Nabokov dizendo que Hemingway e Conrad eram escritores para meninos. Sentado diante de mim, meu amigo se movia, inquieto, esperando uma brecha para falar. A seu lado, Décio Pignatari terminava a sobremesa em silêncio, acompanhando com os olhos a conversa.

— Nabokov! — exclamou Daniel em voz alta, atraindo a atenção de todos. — Gosto do personagem que ele criou para si mesmo, gosto de verdade. O aristocrata esnobe que veio trazer a civilização aos bárbaros. Mas ele está enganado, e a melhor maneira de demonstrar isso é apelar para alguém ainda mais chato, mais esnobe e mais insuportável do que ele.

— Quem?

— Evelyn Waugh! Você não vai encontrar juiz mais severo, asseguro. O monstro que fazia criancinhas e alguns adultos chorar, elogiava "a técnica, a piedade e o cavalheirismo" de Hemingway. Tudo o que tenho a dizer é que se estava bom para ele, está bom para mim também.

Com todos os olhos do grupo fixados em Daniel, da cabeceira da mesa chegou-nos a voz aveludada e maliciosa de André Weiss:

— Solidariedade alcoólica, meu caro. Mera solidariedade alcoólica.

Em meio a gargalhadas gerais, Décio virou-se para meu amigo e disse, quase num sussurro:

— Sabe, ando pensando em passar uma temporada em Curitiba. Tenho muita vontade de morar lá.

Daniel lançou-lhe um olhar de espanto. Quando os risos ao redor finalmente se extinguiram, ele respondeu, com ar aterrado:

— Não faça isso.

— Por quê? — perguntou Décio, confuso pela veemência de seu interlocutor. — A cidade é tão boa...

— Você não vai encontrar nada lá. Nada.

Todos os olhos caíram sobre o jovem romancista e o velho poeta. Décio assumiu um ar condescendente.

— O que é isso, Daniel? Conheço a cidade. Sei que tem muita gente da maior qualidade em Curitiba.

André fez menção de interrompê-los, mas, antes mesmo que pudesse dizer algo, meu amigo levantou os ombros, desistindo do combate. No silêncio que se seguiu ao gesto, escutei-o murmurar para si mesmo:

— Sei muito bem o que estou dizendo. Não há nada lá.

* * *

Anos mais tarde, um amigo que já havia morado em muitas partes do mundo me disse que o tempo médio para que um novo lugar deixe de ser estranho ao recém-chegado é de seis meses. Se bem me lembro, estávamos próximos disso quando fui forçado a voltar a Curitiba. Eu já tinha alugado um apartamento em Pinheiros, próximo ao de Daniel, e André já me havia emprestado a salinha na Praça do Mercado de onde passei a pilotar a carreira de meu amigo quando soube do câncer de meu pai. Pelo telefone, minha mãe me contou, chorando, que a cirurgia aconteceria em poucos dias, seguida de algumas sessões de quimioterapia no Erasto Gaertner.

Não há neste livro espaço para dois tipos de horror. Quem conviveu com o câncer sabe de seus sofrimentos; quem não o conhece está melhor assim. Basta dizer que fiz as malas às pressas e, naquela mesma noite, peguei um avião para casa. E foi dessa maneira que passei o fim do inverno e parte da primavera de 1994 em Curitiba. Por insistência de minha mãe e pela facilidade de acesso a meu pai, voltei a ocupar meu velho quarto na casa da rua Bom Jesus. Foi um inverno triste, longe da agitação de São Paulo. Não fazia nem muito frio e as pessoas seguiam a mesma vida na qual eu as havia deixado um ano antes. Para não dizer que nada mudara, reparei com espanto que minha irmã levava um pequeno adesivo do PT colado em sua pasta da faculdade, a única menção à campanha eleitoral que encontrei em mais de três meses.

A casa me pareceu pequena, diferente do lugar onde morei tantos anos. Senti-me adulto e, pela primeira vez, vi meu pai frágil e velho, seus olhos azuis entristecidos após o hospital. Aproveitando o sol da manhã, eu o levava para caminhar pela praça em frente a nossa casa, tomando cuidado de evitar a faculdade de engenharia florestal, onde poderia encontrar algum velho amigo ou aluno. Um dia, enquanto limpávamos a gaiola dos canários, ele me perguntou sobre São Paulo, sobre minha vida lá. Não sei bem por que, mas meu primeiro impulso foi o de lhe dizer que ganhava um bom dinheiro, o que era verdade, mas ele pareceu não se importar. Ao contrário de quase todos os curitibanos de sua idade, "um bom emprego" não era sua medida para julgar um jovem, nem mesmo seu próprio filho. Apesar de ser quase uma caricatura do alemão quadrado e teimoso — o engenheiro de olhos claros, cabelo cortado muito curto e pronunciando a letra "s" com um leve chiado teutônico —, meu pai era um homem paciente, doce e surpreendentemente aberto para o meio em que fora criado. Sempre havia sido um bom ouvinte, e era com esse espírito que perguntava por Daniel e pelo meu trabalho. Respondi como pude, mas sei que soei vago e impreciso. Durante anos, aquele inverno me fez pensar nos versos de Octavio Paz:

[...] una tarde juntamos sus pedazos.
Yo nunca pude hablar con él
Lo encuentro ahora en sueños,
esa borrosa patria de los muertos.
Hablamos siempre de otras cosas.
Mientras la casa se desmoronaba
yo crecía. Fui (soy) yerba, maleza
entre escombros anónimos.

Com Daniel, eu falava geralmente à noite. Ele me telefonava de casa, e, em interurbanos caríssimos, conversávamos como se estivéssemos cada um detrás de nossas máquinas de escrever no Edifício Asa. Após perguntar pela saúde de meu pai, ele lia os artigos que preparava para o jornal da semana seguinte, falava de livros, contava-me as novidades de São Paulo e de André. Eu dava palpites em seus textos e, muitas vezes, reconhecia uma frase ou uma ideia nas colunas publicadas no fim de semana.

Ao chegar em casa uma tarde, depois de passear com meu pai, soube que Daniel tinha me telefonado. Perguntei à empregada se havia algum recado.

— Não, ele não quis deixar recado. Disse que ligava depois.

Retornei a chamada, mas ninguém atendeu. Mais tarde, quando eu já havia esquecido o assunto, minha mãe me chamou, com um movimento silencioso dos lábios, para o telefone de parede da cozinha.

— Roberto, Roberto. Quando você volta, cara?

Restava ainda um ciclo de quimioterapia. Depois, seria recomendável que eu ficasse em Curitiba por algumas semanas. Não havia planos de volta tão cedo, e ele sabia disso tanto quanto eu.

— Por quê? Aconteceu alguma coisa?

— Ih, rapaz, está uma confusão por aqui que você não pode imaginar. Diga, que jornais você está lendo aí?

— A *Folha* e a *Gazeta*, por quê? Qual é a confusão?

— Você não tem como conseguir o *Estadão* de sábado? Por acaso teu pai ainda guarda aquela pilha de jornais na lavanderia? Será que dá para encontrar a *Folha* de tal e tal dia?

— Talvez, se você me disser o que está acontecendo.

Daniel fez um esforço para me explicar a tal confusão, mas devo confessar que o assunto — uma briga entre poetas pelos jornais — me pareceu mais banal do que sua ansiedade indicava. Conforme entendi mais tarde, dias antes Augusto de Campos havia traduzido alguns poemas de Hart Crane para a *Folha de S.Paulo*. Pouco depois, nas páginas do *Estadão*, um desconhecido criticara uma das traduções de Augusto. O desconhecido se chamava Bruno Tolentino, e seu texto, segundo meu amigo, era "completamente fora de si".

— Mas é só isso? — perguntei, desapontado. — Dois poetas batendo boca? E o que é um texto "fora de si"?

— Agressivo, irônico, destrambelhado, engraçado pra caralho, às vezes até brilhante. Mas já vi que você não está entendendo. Faça o seguinte: veja se consegue os jornais. Senão, tento te mandar uma cópia por fax. Leia tudo e depois conversamos. A discussão não é tudo; preciso muito falar com você.

Intimado dessa maneira e já bastante curioso, fui à lavanderia desbravar a montanha de jornais velhos que meu pai guardava com devoção. Horas depois, o caso me parecia mais claro, ainda que nem um pouco mais importante.

O texto de Augusto de Campos — chamado "Hart Crane: a poesia sem troféus" — era longo e previsível. Uma apresentação do autor, a tradução de quatro ou cinco poemas, comentários às próprias traduções, e só. Para quem conhecia o trabalho dos irmãos Campos não havia surpresas. Todos os seus velhos temas e obsessões repetiam-se com uma regularidade de relógio cuco: microdetalhes da tradução, referências a Pound e Cummings, comparações com Sousândrade, estava tudo ali.

A resposta publicada no *Estadão* era outra coisa, começando pelo título: "Crane anda para trás feito caranguejo". As primeiras linhas davam o tom:

> *Assim não dá! O verso vai bem, muito bem, em mãos de muita gente por este Brasil que cansou de usurpadores. Mas vai mal, muito mal, há quatro décadas com nossa dita "vanguarda", a mais envelhecida e empoeirada vitrina terceiro-mundana.*

E era mantido, com brio, no restante do texto:

> *E o que nos brinda o multirretratado medalhão é um escárnio anêmico a toda vitalidade natural do idioma que Camões padeceu e cantou. Ao exibir aos supostos pobretões de nosso rincão poético o que fez a Crane ("com exclusividade", informa-nos a capa do suplemento), o augusto escriba sucumbe a um subparnasianismo como o autor do original abusado jamais sonhou ler nem sóbrio e Onestaldo de não--sei-o-quê não comporia nem bêbado.*

Mais tarde, ao telefone, Daniel e eu nos divertimos lendo em voz alta trechos como:

> *[...] os versos são rijos, o ritmo vai a reboque da métrica e bamboleia ao sabor do previsível e do irresponsável, a respiração natural à fala poética sofre de sufocação me-*

*tronímica e o "Ovirudum", nosso orgulho nacional, faz sua
entrada desde o verso inicial, na preciosa inversão "do norte
o rosto" [...]*

*[...] E estamos a meio do poema de Crane, que a flor dos
Campos já rachou ao meio com inabilidade de peggior
fabbro, para quem o rigor formal se confunde com o rigor
mortis. A métrica ta-ti-tan-ta-ti-tan, em nada inglesa,
abafou até agora a respiração natural da dicção de Crane,
enquanto o ritmo, totalmente ignorado como elemento
constitutivo, foi atrelado ao velho metrônomo oitocentista
dos saraus bocejantes [...]*

Pouco a pouco fui percebendo que a crítica não se dirigia só
àquele trabalho, mas aos irmãos Campos e a seu papel na
poesia brasileira como um todo.

*A semelhante fac totum foi abandonada a lira nacional,
a sabichões desta ordem a palma e o espaço e o silêncio
em que operar a lobotomia do verso e do jovem. Macacos
me mordam, mas desde minha infância gente assim se
arvora a ensinar-nos to make it new. E vai-se ver não sabe
fazer nem o velho e cansado parnasianismo de pacotilha
das mais ralas versões de Guilherme de Almeida, por
exemplo, que, justiça seja feita, jamais resvalaram em
paralisias tais.*

Vista com mais calma, a confusão era até divertida. Quanto
à substância, bastava um pouco de atenção para perceber
que o tal Tolentino havia acertado em algo: a tradução era
mesmo fraca. Mas daí a ver algum significado mais profundo
em uma briguinha de literatos recheada com termos técnicos
de poesia me parecia um pouco de exagero. Eu dizia tudo

isso a Daniel quando ele finalmente se pôs a me explicar o que estava acontecendo:

— Não, você não sabe da história toda. A discussão pelo jornal é só o começo.

Fiquei então sabendo que, já no domingo, André Weiss lhe confidenciara que alguns amigos e conhecidos estavam pensando em fazer um abaixo-assinado a favor de Augusto de Campos.

— Que bizarro!

— Pois é, foi exatamente o que achei. Primeiro porque ninguém conhece o tal do Bruno Tolentino, e qualquer manifestação só vai encher a bola do sujeito.

— A propósito, quem é esse Tolentino?

Nesse ponto, Daniel estava tão perdido quanto eu.

— Ótima pergunta. Segundo o nosso André, "um desclassificado, um sujeitinho que se apresenta como poeta mas que não passa de um mitômano de quinta categoria". E plagiário, ainda por cima.

— Putz...

Daniel fez uma pausa. Pelo telefone, escutei um longo suspiro.

— Parece que ele morava no exterior, na Europa. Mas não importa, agora vem o melhor. Não só a ideia foi para a frente, como desde ontem o André está me infernizando para que eu participe do tal abaixo-assinado. Segundo ele, até o Caetano Veloso já assinou.

— Putz... E o que o Caetano tem a ver com isso?

— Essa foi a primeira coisa que perguntei, mas o André não gostou muito. Parece que o Gil vai assinar também, e a Marilena Chaui. É muita gente. Fiquei meio em dúvida e pedi um tempo para pensar. Já li e reli esses textos mil vezes e, para ser sincero, não vejo nada de mais. O Tolentino pegou pesado, mas na substância ele está certo. Precisa fazer abaixo-assinado por isso? E vão dizer o quê?

— É, não faz sentido mesmo.

— Mas o que me deixou irritado de verdade foi o André insinuar que eu deveria participar porque isso seria bom para mim. Quando insisti que a tradução estava ruim mesmo, André me chamou de ingênuo. Você acha que estou sendo ingênuo, Roberto?

A iniciação de meu amigo nas camorras do submundo intelectual brasileiro me deixou um pouco triste, mas não teria sido suficiente para me tirar o sono. Essa honra coube a uma festa de aniversário na casa ao lado da de meus pais, que se estendeu madrugada adentro com gritos, truco e música alta. Na manhã seguinte eu ainda dormia quando a empregada abriu a porta do quarto, lançando uma luz oblíqua sobre o canto do aposento onde ficava minha cama. O telefone: alguém precisava falar comigo com urgência. Levantei-me resmungando, irritado com Daniel. Telefone no ouvido, o sotaque cantado não admitia confusões com meu amigo.

— Robeeeeeerto, meu caro. Não me diga que você estava dormindo a essa hora! Que safado, contou uma história triste aos amigos e foi para Curitiba de férias! Como está o professor Schmidt? Tenho recebido notícias de que o tratamento vai bem, é verdade?

Terminando de acordar, agradeci a caixa de chocolates, os cartões e toda a atenção que André dedicou a meu pai naquele período difícil. Falamos de amenidades por alguns minutos antes de chegarmos ao assunto que o levava a me ligar da editora.

— Roberto, eu queria pedir a sua ajuda porque uma coisa muito desagradável está acontecendo por aqui.

Na dúvida entre me fazer de desentendido e entrar de uma vez na conversa, permaneci calado. André continuou:

— Nosso amigo é um tanto cabeça-dura, como você certamente sabe melhor do que eu. Não sei se Daniel comentou contigo o imbróglio que se instalou por aqui com aquela canalhada do Tolentino contra o Augusto.

— Ele mencionou o assunto.

— Pois então, você tem que me ajudar a convencê-lo. É muito importante que ele participe do abaixo-assinado!

— Veja bem, André, acho que isso é entre vocês dois.

— O problema é que Daniel está entendendo tudo errado, e chegamos a um ponto em que ele simplesmente não escuta mais. Escute você, por favor! — continuou André, nervoso como eu nunca o havia ouvido. — Esse seu amigo é muito teimoso, muito teimoso! Por favor, me deixe explicar do que se trata, para ver se mais tarde você consegue convencer aquele cabeça-dura! Daniel pensa que estamos armando uma vingança, que o Augusto ficou sem resposta e foi chamar a turma do bairro, como numa briga de colégio. Nada mais falso, meu caro! Nada mais falso! Em primeiro lugar, o abaixo-assinado não é contra o artigo em si. Escute como começa: "Está fora de discussão o direito do articulista de discordar das opções poéticas de Augusto de Campos ou de contestar suas posições estéticas. Mas isso não lhe dá o direito de insultar e denegrir a pessoa de um poeta que há quarenta anos vem atuando [...]." Ou seja, no fundo, é uma manifestação a favor da liberdade de expressão e do debate construtivo. Em segundo lugar, há outras razões que explicam a reação do Augusto e de seus amigos, razões que Daniel não conhece nem está disposto a ouvir.

A essa altura, André já havia recuperado a compostura e falava mais com ironia do que com raiva. No entanto, ficava cada vez mais claro que o assunto era importante para ele.

— E, em terceiro lugar, as pessoas que estão aderindo são muito sérias; o nome de Daniel daria densidade ao texto. Hoje mesmo tive garantia de fonte segura que o João Cabral vai assinar também. O João Cabral, Roberto!

— Mas, André — consegui, por fim, dizer —, se o próprio texto do abaixo-assinado diz que está fora de discussão o direito do tal do Tolentino de discordar do Augusto de Campos, por que essa confusão toda? Não era mais fácil deixar ele discordar e pronto? E quais são as "outras razões" que justificam essa histeria toda? Se Daniel não está disposto a ouvir, eu estou.

Nosso editor tomou fôlego e pensou por alguns segundos, como que buscando as palavras exatas. Por fim, disse:

— Que bom que encontrei alguém de bom senso nessa confusão! A história é longa, mas vou tentar resumir o mais importante. Por favor, tenha paciência. Veja só, parcialmente por culpa deles, os concretistas foram tratados de maneira muito injusta por muito tempo, tanto na imprensa quanto nas universidades, no eixo USP/Unicamp. Por baixo da discussão literária, e esse é o problema, havia uma corrente de força nitidamente política. Não repita o que estou dizendo, mas a verdade é que, de certa forma, eles foram vítimas semiconscientes de uma imposição da hegemonia de esquerda a nossos estudos literários. É claro que, na maior parte das vezes, essa discussão se deu em códigos que apenas os iniciados eram capazes de decifrar. Mas quando os concretistas eram atacados como "formalistas", isso queria dizer fascistas, pró-ditadura militar (o que nunca foram) e todas essas coisas horríveis que você conhece. Esse clima durou quase duas décadas, de meados dos anos 1960 até os anos 1980, e os deixou com cicatrizes terríveis, além de uma, não de todo injustificada, mania de perseguição. Sei que é difícil pedir a alguém "de fora" que considere esses dados, mas muita gente acredita que, cada vez que os adversários deles transformam uma discussão razoável em polêmica, a possibilidade de falar com seriedade do trabalho dos concretistas, elogiá-lo ou criticá-lo de modo adulto, vai para o ralo outra vez.

— Olhando a questão por esse lado, o assunto muda um pouco de figura — murmurei.

— Tudo isso para dizer que essa confusão talvez seja uma infelicidade, mas a culpa maior é do Tolentino. Certo ou errado na substância, aquele texto é uma irresponsabilidade que vai atrasar a discussão sobre poesia no Brasil em vinte, trinta anos.

No dia seguinte o abaixo-assinado tinha de estar pronto. Tempos depois soubemos de um movimento de última hora, por parte de alguns signatários, para abortar a iniciativa, mas a impressão que nos chegava à época era a de que não havia lugar para discussão. Ao menos essa era a opinião de André Weiss. Num gesto a meu ver desesperado, ele chegou a insinuar que seu autor de maior sucesso cedo ou tarde sofreria retaliações se não assinasse o texto dos amigos de Augusto.

Ao falar com Daniel à tarde, encontrei-o melancólico.

— Não vou assinar, já está decidido.

— Você vai ficar sozinho — respondi.

— Cara, você disse tudo. Estou me sentindo monstruosamente sozinho.

Daniel falava de um telefone público no Conjunto Nacional. Ele me contou que havia passado a tarde toda na Livraria Cultura, andando entre as prateleiras e pensando.

— Mas isso é mesmo ruim? Como você pode ter certeza? Na verdade, sempre estive sozinho, nós dois sempre estivemos sozinhos. Nunca conhecemos ninguém, e, nesses casos, isso faz toda a diferença. Os argumentos do André são bons; eles me fizeram pensar, é claro. Mas eu não tinha como saber tudo aquilo. Aquelas informações dependem de contatos, de ter crescido no lugar certo, entre as pessoas certas. Agora tenho esses contatos, mas antes, em Curitiba, eu só tinha o texto. No Edifício Asa eu lia as polêmicas do Merquior pelo jornal, lia aquele debate entre o Nabokov e o Edmund Wilson por causa da tradução do Puchkin, e parecia que aquelas pessoas escreviam de outra galáxia, de tão distantes que estavam. Eu não conhecia os envolvidos, não sabia quem tinha comido a mulher de quem, nada disso. Nós líamos isso juntos e comentávamos um com o outro. E só, nada mais. E você se lembra como, no fim, sempre ficava claro que alguém tinha vencido a discussão, que o outro tinha apelado, ficado sem resposta?

— Claro que lembro — respondi, sorrindo sozinho na sala da casa de meus pais.

— Pois então, olhando só o texto, o Tolentino tem razão. Ele está certo: a tradução é constrangedora. Talvez não seja a melhor maneira de julgar, mas é a única que conheço, a única a que estou acostumado. Quando a história do abaixo--assinado surgiu, essa foi uma das primeiras coisas que eu disse ao André.

— E o que ele respondeu?

— Começou a rir, a rir com gosto, quase gargalhar. Me acusou de idealismo, ingenuidade; disse que eu achava que escritores não eram gente, que não faziam força no banheiro.

— Putz...

Em Curitiba, a melhora de meu pai acompanhou o progresso da primavera. Retornei a São Paulo no momento em que seus cabelos devastados pela quimioterapia voltavam a surgir, ralos e brancos, no couro cabeludo coberto de manchas. Cheguei na manhã da eleição de Fernando Henrique Cardoso e encontrei quase esquecido o assunto que havia eletrizado o inverno, depois de um último pico de emoções gerado por uma resposta de Augusto de Campos, acompanhada do famigerado abaixo-assinado, e outra de Tolentino. A vida seguiu, cada vez mais imprevisível, mas o *affaire* Tolentino-Campos teve ainda um epílogo que merece ser contado.

Poucos meses mais tarde, meu namoro com Fernanda dava os primeiros passos quando decidimos tirar alguns dias de folga no Rio para descansar. A desculpa da escapada foi um convite de Daniel, que gravaria uma entrevista para a televisão e aproveitaria a oportunidade para passar um tempo no apartamento de sua mais recente namorada, a artista plástica Vera Rizzo, antiga amiga de André e responsável pela capa original de *Os diálogos do castelo*. Vera foi a primeira vegana que conheci. À época, aliás, creio que o termo nem sequer existia, pois ela mesma se descrevia como "vegetariana radical", o que, no Brasil do começo dos anos 1990, era mesmo algo radical e complicado, a ponto de tê-la forçado a aprender a cozinhar os próprios pratos. À menor menção de descrença ou ironia diante de suas opções gastronômicas, Vera convidava quem quer que fosse para comer em sua casa, e seus jantares tornaram-se lendários nos círculos artísticos da Zona Sul.

Recém-chegados à cidade, Fernanda e eu fomos devidamente convidados a um desses jantares, com a desculpa de conhecermos também o ateliê da artista. No dia marcado, uma tempestade espantosa quase nos impediu de fazer um curto trajeto entre Copacabana e o apartamento de Vera, no Leblon. Ao chegarmos, descobrimos que não tínhamos sido os únicos detidos pela chuva; Daniel havia saído no começo da tarde e ainda não dera sinal de vida. Um bom tempo depois, enquanto examinávamos quadros e mais quadros em busca de um presente para André Weiss, meu amigo apareceu ensopado da cabeça aos pés, com uma expressão de felicidade no rosto, segurando com força um saquinho de plástico para evitar que seu conteúdo se molhasse. Na soleira da porta, ele sorria e se sacudia como um cão molhado.

— Não houve jeito de sair da Leonardo da Vinci. Para falar a verdade, pensei que fosse morrer afogado lá embaixo. Em compensação, olhe o que achei — disse, estendendo o braço gotejante em minha direção e me dando o tal saquinho, do qual extraí um livro.

Enquanto Daniel tomava um banho rápido, examinei com cuidado o pequeno volume. Na capa, sobre um fundo branco, dois desenhos em negro mostravam os rostos de Augusto de Campos e Bruno Tolentino se encarando. Por cima deles, uma chamada em vermelho: "É pau puro!" Durante o jantar — delicioso, devo dizer —, nós quatro nos divertimos com o livrinho recém-publicado por Tolentino, que compilava a polêmica e acrescentava uma seção de versos satíricos contra os concretistas e os signatários do abaixo-assinado, todos no tom agressivo, divertido e alucinado de seus textos originais. Noite adentro, Daniel leu para nós trechos dos artigos e de alguns poemas. Pouco a pouco, percebi que sua animação inicial se dissipava. Em determinado momento, notei-o marcando com os dedos duas páginas do livro.

— No fundo, o que o Tolentino fez foi deixar um documento com sua versão da briga, um texto para o futuro — disse, com uma expressão grave. — E os leitores do futuro vão ser tão ignorantes do contexto e das razões profundas da discussão quanto eu. Não sei se o Augusto ou algum de seus amigos terá esse mesmo cuidado, mas, se isso não acontecer, algo me diz que a última palavra sobre o assunto vai ser mesmo esta aqui:

Porque inglês eu sei!
Como sei também
quando vejo um rei
que nem manto tem,
nem vergonha e nen-
hum inglês! E a lei?
A lei que quebrei
ao chamar alguém
de mau tradutor
mau leitor do inglês,
mau versejador,
é a do Amém, é claro!
A lei que talvez
nos saia mais caro...

— Putz...
— Tem também estes outros versos, escutem só:

Como um rebanho, uma horda,
nós, os abaixo assinados,
cá estamos, disciplinados,
como bonecos de corda.
Mal informados, mal lidos,
somos cãezinhos fiéis,
e vimos lamber os pés
de barro dos nossos ídolos.

— O André vai ficar maluco quando ler isso — falei.

— Sim, vai.

— Pode não ser toda a verdade, mas ficou chato, né?

— Muito — respondeu Daniel, suspirando.

Capítulo VI

— ACHO QUE não vai ter outro jeito. Você vai precisar abrir uma por uma, ver o que tem dentro e me dizer. Aí a gente pensa num sistema para catalogar o que for aparecendo. Pode ser?

— Pode, claro.

Com um estilete, Tomás cortou a fita plástica marrom que fechava a primeira caixa de papelão. De dentro, tirou um saco de papel pardo onde estava escrito "Demeterco". Inspecionando seu conteúdo, disse:

— Fitas de máquina de escrever.

— Ah, essa é uma das caixas antigas. Elas foram comigo para São Paulo em 1993. Devem ser nossas coisas do Edifício Asa. Meu Deus, isso é velho! Pode separar para jogar fora. O que mais tem aí?

— Folhas de papel sulfite em branco, régua... Parece que é só material de escritório. Não, peraí, tem também uns papéis encadernados. É um texto escrito à máquina.

— Leia o começo para mim.

— "Toda a Germânia está separada das Gálias, das Rétias e das Panônias pelo Reno e pelo Danúbio."

Roberto girou na cadeira em direção ao ponto de onde se projetava a voz que lhe parecia tão jovem e sorriu.

— Nossa, eu nem me lembrava mais disso. É um exercício de tradução, da época em que o Daniel estava estudando latim. Ele passou um bom tempo fascinado por esse texto, mas não sei se chegou a terminar. Quantas páginas tem a encadernação?

— Umas trinta.

— Talvez tenha terminado, então. Pode deixar isso de lado.

Folheando lentamente o papel amarelecido, passando os dedos pelas marcas profundas deixadas pela máquina de escrever, Tomás queixou-se:

— Quando eu te entrevistei, você não me disse que ele sabia latim. Teria sido legal colocar isso no trabalho.

— Eu nem lembrava, desculpe. No segundo ano da faculdade, quando começou um estágio num escritório de direito tributário, o Daniel tentou assistir às aulas de manhã, mas em duas semanas já tinha desistido de novo. Foi quando descobriu que poderia se matricular em disciplinas de outros cursos na universidade, inclusive eletivas e optativas. Em uma semana ele estava na reitoria estudando latim, polonês e japonês no curso de letras. O latim durou até São Paulo. O polonês também avançou; deve ter uma tradução aí em algum lugar. Lembro que era um drama em versos e que ele ficou tentando reproduzir o metro do original.

— Que coisa!

— É engraçado que o japonês tenha ficado para trás. A Juliana se defendia bem, tentou ajudar, mas foi uma língua que nunca fez clique com ele.

— Talvez fosse muita informação ao mesmo tempo, né?

— Você não conhecia o Daniel... O que mais tem aí?

— Um livro. *Rosencrantz and Guilderstern are Dead.*

— Putz!

O movimento instintivo para se levantar fez correr as rodinhas da cadeira de escritório. Com a caixa no colo, Tomás não pôde fazer mais do que gritar "cuidado", enquanto observava Roberto tentando recuperar o equilíbrio, apenas para cair sentado no chão com um estrondo.

— Tudo bem?

— Tudo, tudo. Só me faça o favor de examinar a mesa. Se estiver arranhada, a Larissa vai me matar.

— Não, foi só o barulho mesmo.

— Ser cego é uma merda. Mas me dê aqui o livro — disse Roberto, retornando para a cadeira com a ajuda de Tomás.

Em silêncio, ele correu os dedos por um longo tempo pela capa e pelo áspero papel-jornal. Por fim, aproximou o volume do rosto e pôs-se a cheirá-lo devagar.

— Esse foi um dos que eu trouxe da Austrália. Daniel pegou emprestado na primeira vez que foi lá em casa e nunca devolveu. Bandido! Só recuperei quando fomos trabalhar juntos. Deve ser por isso que está na caixa do escritório.

— Eu também não sabia que você tinha morado na Austrália. Quando foi isso?

— Dos meus 13 aos 17 anos. Minha mãe era agrônoma e trabalhava na Embrapa, meu pai era professor de engenharia florestal. Na época, a Embrapa tinha um programa forte de capacitação dos funcionários e, quando surgiu a oportunidade de os dois estudarem na mesma universidade, a família toda partiu para Melbourne.

— Legal. E você gostou de lá?

— Muito, muito mesmo. Eu fazia teatro. Quando cheguei ao Brasil não conseguia acreditar que não existia uma matéria de teatro nas escolas. Eu adorava, amava. No meu último ano, até escrevi uma peça, *Riders*. Meu sonho era ser ator e dramaturgo, escrever meus próprios papéis.

— Tipo Shakespeare.

Levando a mão à cabeça dolorida, Roberto sorriu.

— É, tipo Shakespeare. Mas meus pais voltaram, e fui estudar jornalismo.

— Jornalismo não leva a lugar nenhum — brincou Tomás.

— No meu caso, quase me levou à morte... Próxima caixa!

Mais de uma dúzia de caixas de papelão bloqueavam um canto na sala de televisão transformada em quarto que Roberto vinha ocupando na casa da irmã havia quase seis meses. Tomás anotou à mão, num caderno, os principais itens encontrados na primeira caixa e, com cuidado, subiu num banquinho para pegar outra no topo da pilha. Pela segunda vez Roberto escutou o estilete cortando as camadas de fita adesiva.

— Nesta aqui tem papéis e um monte de fichas de cartolina. Algumas estão escritas à mão, outras à máquina.

— Leia uma para mim.

— [...] *será que pode também ser que tudo é mais passado revolvido remoto, no profundo, mais crônico: que, quando um tem noção de resolver vender a alma sua, que é porque ela já estava dada vendida, sem se saber; e a pessoa sujeita está só é certificando o regular dalgum velho trato — que já vendeu aos poucos, faz tempo?* (GSV, p. 56).

— Leia outra, por favor.

— *Ó nome tão cheio de poder, graça e júbilo; cheio de delícias e glória. Cheio de poder, pois sobrepuja o inimigo, restaura as forças e refresca a mente. Cheio de graça, pois nele a fé se funda, a esperança se confirma, o amor cresce e a justiça se torna perfeita. Cheio de júbilo, pois é exultação para o coração, música para os ouvidos, mel para a língua e esplendor para a mente. Cheio de delícias, pois nutre quando é lembrado, acalma quando proferido, unge quando invocado. Cheio de glórias, pois dá a visão aos cegos, agilidade aos aleijados, audição aos surdos e vida aos mortos. Abençoado é o nome com tamanhos poderes!* (São Boaventura, "Das cinco festas do menino Jesus")

— O que é isto?

Girando a cadeira com os pés, Roberto respondeu:

— As notas que Daniel tomava quando estudava. Vamos devagar com essa caixa. Leia para mim com cuidado tudo o que estiver aí dentro.

Capítulo VII

*Would to God these blessed calms would last.
But the mingled, mingling threads of life are
woven by warp and woof: calms crossed by
storms, a storm for every calm.*

— *MOBY DICK*, CAPÍTULO CXIV

O SOM DAS buzinas vindo da rua abafava nossas vozes,
mas a noite quente, de lua cheia, não admitia outro lugar no
apartamento além da varanda.

— Valêncio Xavier — repetiu André, quase gritando. —
Perguntei se você conhece alguém chamado Valêncio Xavier.

Daniel brincava com a taça de cristal que tinha nas mãos.
Havíamos saído para ver a lua e tomar vinho branco enquanto
o jantar não era servido.

— Ah! Eu tinha entendido "Vanessa, minha mulher".
Claro que conheço. Todo mundo conhece o Valêncio em
Curitiba. Por quê?

— Ele estava naquela festa de ontem, sujeito simpático. Está lançando um livro, uma mistura de texto e colagem. Parece interessante.

Daniel acenou com a mão chamando Malu para perto de si. Debruçada sobre o parapeito, ela olhava preguiçosamente automóveis e pessoas movendo-se, minúsculos, por Higienópolis.

— Sei que ele escreve, também sei que dirigiu uns filmes, mas minha maior lembrança do Valêncio é a das sessões de cinema que ele organizava no auditório da Biblioteca Pública. Lembra disso, Roberto?

— Ô se lembro, bons tempos da faculdade! Me eduquei em cinema com o Valêncio.

Minhas últimas palavras foram sufocadas pelo som das ruas. Ao mesmo tempo que abraçava a namorada, Daniel ergueu a voz dirigindo-se a André:

— A Malu tem uma história ótima sobre isso, que aconteceu com a prima dela. É uma daquelas da série "tudo o que você precisa saber sobre Curitiba". Conta pra ele...

Malu encolheu-se nos braços de Daniel, o negro de suas roupas confundindo-se e criando a ilusão de dois rostos se projetando de um só corpo, fantasmagóricos na penumbra da varanda. Impaciente com o silêncio da namorada, ele mesmo se empolgou ao narrar o melancólico caso de uma dúzia de jovens entorpecidos pela timidez a ponto de não conseguirem reagir a uma simples pergunta de cortesia de Valêncio Xavier durante a exibição de um filme mudo na Biblioteca Pública do Paraná.

— Ninguém respondia nada! O Valêncio ficou lá esperando e ninguém falava uma palavra. Todo mundo mais mudo do que o filme! Ele ainda repetiu a pergunta duas ou três vezes, mas o silêncio só aumentava. No fim, foi embora puto: "Vocês fiquem aí e se virem."

Apertando os olhos e tomando champanhe, André ouvia com um sorriso irônico e condescendente.

— É inacreditável, simplesmente inacreditável. Este menino está prestes a brilhar em Paris e só consegue pensar em Curitiba.

De onde estava, vi os olhos de Malu refletindo a luz, suspensos no ar.

— Ele não quer ficar no Ritz de jeito nenhum, André. Você acredita? Insiste naquele hotelzinho... Como se chama?

— Bedford — respondeu Daniel. — Hotel Bedford.

— Sim, essa espelunca mesmo.

— Dom Pedro II morreu lá e Villa-Lobos morou mais de dez anos num dos quartos. Está bom para mim.

— Vocês poderiam ficar lá em casa, mas seu namorado é teimoso.

— Você mora perto do Jorge Amado? Dá para ir andando ao jantar?

Exceto por Daniel, todos os demais só queriam saber de Jorge Amado e do jantar para o qual o casal de namorados havia sido convidado.

— O apartamento do Jorge fica no Marais, um pouco longe do meu. Mas como vocês vão me deixar sozinho, não faz diferença.

André afetava um ressentimento que não sentia. Todos estavam felizes, um pouco inebriados com a perspectiva da viagem. Por motivos diferentes, o Salão do Livro de Paris de 1998 representava muito para cada um de nós naquele momento. Do ponto de vista de André, a questão era óbvia. Olhando em retrospecto, aquele evento foi o derradeiro suspiro da última geração de intelectuais afrancesados do Brasil. O fato de um deles ocupar no momento a presidência do país apenas reforçava o simbolismo da ocasião. Nosso editor era jovem demais para ter participado cronologicamente de tal geração, mas não havia dúvida quanto a sua afiliação espiritual. Dos estudos no Quartier Latin ao indefectível apartamento em Paris, passando pelo francês perfeito, pontuado por mais-que-perfeitos lançados com a segurança e a desenvoltura de quem havia lido com muito cuidado os clássicos, tudo em sua história parecia tê-lo preparado para guiar seu principal autor pelos caminhos da França.

Daniel, claro, era um dos principais nomes da delegação brasileira. Seu livro seguia vendendo muito bem na Europa, e, junto com a Espanha, a França havia sido o país que melhor o recebera desde o princípio. Além das atividades ligadas diretamente ao evento, ele cumpriria uma intensa agenda paralela, incluindo palestras, debates e as festinhas do circuito diplomático e literário que já começavam a aparecer, como o jantar no apartamento de Jorge Amado e a recepção de honra na Embaixada do Brasil, para a qual todos tínhamos sido convidados. Profissionalmente, para André o Salão do Livro de Paris, dedicado naquele ano ao Brasil, era a oportunidade de dar um novo impulso à carreira de meu amigo. Para Daniel, cujos últimos tempos haviam sido um poço escuro no qual cheguei a pensar que ele nunca deixaria de cair, tratava-se de algo maior, da possibilidade de um recomeço. De minha parte, a possibilidade de uma lua de mel antecipada, meu casamento estando marcado para a semana seguinte a nossa volta, era um atrativo importante em meio ao trabalho que me esperava.

O caminho até Paris foi difícil. Para começar, a reaproximação entre autor e editor após o *affaire* Tolentino-Campos havia dado trabalho. Por muito tempo um fora afastado do outro por seus defeitos: a rigidez de Daniel, a vaidade de André, cavalos invisíveis que os puxavam em direções contrárias. Meses se passaram antes que voltassem mesmo a se falar, e muito mais tempo foi preciso para um degelo completo. No intervalo, fui contratado pela Praça do Mercado para trabalhar em sua área de divulgação, a editora transformou-se na potência que é hoje e *Os diálogos do castelo* ganharam a Europa. Ao fundo, ensombrecendo tudo, esteve a crise de Daniel.

Após a polêmica, as retaliações insinuadas por André nunca se materializaram. Como amigo e empresário, eu estava em posição privilegiada para notar qualquer mudança, por insignificante que fosse, mas nada aconteceu. Daniel continuou tão querido e disputado quanto antes, pelo tempo que conseguiu se manter assim. Quando os convites começaram a rarear e as pessoas a se afastar, o culpado foi apenas ele mesmo. Vinte anos mais tarde, continuo tão incapaz de entender com clareza o que aconteceu quanto o fui à época. Tudo o que posso afirmar, consciente de que descrevo sem explicar, é que algo em Daniel foi se tornando cada vez mais opaco à medida que uma depressão negra e sinistra descia sobre ele.

Foi um tempo triste, que comprimo de propósito em poucas linhas. Em público, Daniel soava amargo e incoerente; entre amigos, niilista e desesperado. Relacionamentos amorosos sucediam-se em alta velocidade, relacionamentos que ele nem mesmo se dava ao trabalho de encerrar propriamente, a namorada anterior tomando conhecimento de que ele tinha outra quando os encontrava juntos em alguma festa ou evento. Inquieto e triste, sua expressão assumiu um ar permanente de angústia. Compondo o horror, a refração pública da crise acrescentava a tudo um elemento de fantasmagoria, pois, visto de fora, seu comportamento se parecia muito com o esperado do personagem famoso que ele havia se tornado. Aos olhos da multidão, negatividade e depressão apareciam como estrelismo e dissipação.

A aparência de excessos hedonistas era reforçada, ironicamente, pelo retorno de suas temidas insônias.

— Os compêndios médicos mentem. É possível passar anos sem dormir, e eu sou a prova — disse-me ele uma vez.

A princípio, a reação de Daniel fora a de tentar reproduzir suas caminhadas noturnas pelo labirinto urbano paulistano, o que lhe custou dois assaltos em poucos meses. Coube a um quase atropelamento, porém, a honra de retirá-lo das ruas pela madrugada. Ele subia a Cardeal Arcoverde perdido em pensamentos quando um Monza a toda a velocidade não conseguiu fazer a curva e se estraçalhou contra um poste de luz a poucos metros do ponto onde ele esperava o sinal verde para atravessar. O ambiente inóspito por fim mudou sua atitude perante a falta de sono, e, a partir de então, instalado em seu apartamento recém-comprado, ao voltar das festas ou nos dias em que ficava em casa, ele se entregou a projetos impossíveis de leitura, confrontos titânicos que lhe pareciam os únicos à altura da insônia que o consumia. Ao longo dos anos, Daniel lutou com obras imensas, descomunais — lembro-me das comédias de Lope de Vega, de sua edição cor de caramelo das *Sämtliche Werke* de Hegel, dos romances completos de Simenon —, sempre na esperança de encontrar algo ainda maior, mais maciço, mais inamovível do que a noite.

André se entristecia, mas enxergava a situação de maneira peculiar:

— É natural em artistas um período de depressão depois de uma grande criação. O vazio, meu caro Roberto, o vazio é mesmo enorme e, até certo ponto, inevitável. Isso vai passar quando nosso querido escritor voltar a escrever.

Tenho dúvidas de que o tal vazio fosse a única, ou mesmo a principal, explicação para a fase negra que Daniel atravessava. No entanto, a sensibilidade fora do comum de André não estava tão longe assim do alvo, e, por um momento, nos pareceu que uma reação viria pelo caminho que ele indicara. Uma tarde, eu trabalhava em minha sala na Praça do Mercado quando ouvi um pequeno alvoroço do lado de fora. Havia meses que o autor mais famoso da casa não aparecia por lá, e sua passagem inesperada pelos corredores fez com que todos saíssem para cumprimentá-lo, numa procissão ruidosa que terminou em minha porta. Uma fração de segundo foi suficiente para que eu percebesse algo diferente, algo do antigo entusiasmo em seus olhos ardentes. Na padaria ao lado da PdM, fiquei sabendo que Daniel tivera uma iluminação. Desde que o conheci, ele era dado a esse tipo de insight, cognições profundas, epifanias que não raro alteravam o curso de sua vida. Dessa vez, o catalisador da descoberta havia sido uma carta de Pancho Pellizzari.

Neste ponto é preciso fazer uma pausa e abrir um parêntese que, ao preço de um desvio na narrativa, conduzirá o leitor a uma câmara pouco conhecida no edifício da vida de Daniel Hauptmann. Diverte-me pensar, aliás, num jogo de espelhos no qual estas páginas não passam de um capítulo de outro livro ainda não escrito, o livro que contaria a história dos tradutores de *Os diálogos do castelo*.

Como não poderia deixar de ser, tudo começou com André Weiss, num comentário casual surgido quando preparávamos a edição comemorativa de vinte anos do best-seller de Daniel. Falando de seu sucesso internacional, muito além das expectativas que qualquer um poderia ter tido naquele distante 1992, André fixou em mim seus olhos pequeninos, comprimidos por todos os lados pela face cada vez mais gorda, e disse:

— Que outro romance além desse poderia atrair um sujeito como o Hughes Bennett? Um dia, Roberto, alguém precisa escrever a história das traduções e dos tradutores de *Os diálogos do castelo*. Senão, quando estivermos velhos, ninguém vai acreditar em nós.

Mesmo conhecendo-o havia anos, eu ainda me deixava levar pela aparência afetada que André Weiss havia escolhido para se apresentar perante a sociedade e me esquecia de quanto André Mendes Sousa entendia do mundo e das pessoas. Nesse caso, como em tantos outros, ele tinha razão. Quem acreditaria que John Hughes Bennett era já um senhor de mais de 60 anos quando nos escreveu aquela inesquecível carta em que pedia o horário e local de nascimento de Daniel com o objetivo de *erect his astral figure* ao mesmo tempo que se oferecia para empreender uma nova tradução de *Os diálogos do castelo* para o inglês? A oferta era inusitada, mas não descabida, uma vez que a versão anterior — realizada por uma renomada professora norte-americana —, além de detestada pelo autor, fora muito criticada por reduzir o português seiscentista do original ao registro culto da Nova Inglaterra no fim do século XX. Ao mesmo tempo, como bem notou Daniel, as credenciais de Hughes Bennett eram maravilhosas a ponto de serem irrecusáveis: numa caligrafia angulosa, aduzia seu profundo amor pelo idioma de Camões, do qual declarou-se estudioso havia mais de trinta anos, desde que deixara Edimburgo para estabelecer-se na Itália com o objetivo de se tornar discípulo do barão Evola, de quem era ávido leitor. Na fervilhante Roma dos anos 1960, o jovem escocês encontrou-se primeiro com Murilo

Mendes — mais tarde seu professor e amigo — e terminou iniciado nos mistérios da língua portuguesa, aprendendo antes a ler Bandeira e Drummond do que propriamente a cavalgar o tigre. Ademais, a carta que nos mandou vinha acompanhada de um mapa do céu desenhado e colorido com esmero. Segundo seu autor, ele respondia de maneira inequivocamente positiva à pergunta "minha tradução do livro do sr. Hauptmann será bem-sucedida?", como podíamos verificar nós mesmos pela configuração dos planetas. Um capítulo foi pedido como amostra e o resto aconteceu com naturalidade: os inúmeros prêmios conquistados pela tradução, bem como o sucesso de vendas, terminaram por atestar ao mais cético materialista o acerto na escolha de John Hughes Bennett.

Nem todos os tradutores pertenceram ao molde do esoterista escocês, é verdade, nem tampouco entraram em contato conosco por meios tão pouco usuais. *Os diálogos do castelo* mal haviam começado a atrair a atenção no Brasil quando uma das maiores editoras da Espanha comprou seus direitos e nos comunicou que havia encarregado a tradução a um argentino radicado em Barcelona, um jovem poeta cujo livro de estreia — quantas pessoas terão lido aquele diminuto volume? — recebera uma constelação de prêmios. Fora do círculo dos apreciadores de poesia em castelhano, porém, Francisco Pellizzari permanecia um absoluto desconhecido, e foi nessa condição que começou a escrever quase semanalmente a Daniel com dúvidas e comentários sobre o trabalho. Em pouco tempo as cartas foram se tornando mais longas; os assuntos, mais diversos, e uma amizade sólida e verdadeira formou-se entre duas figuras muito diferentes. Pancho, como o chamavam os amigos, vinha de uma família intelectual e cultivada, filho de um psiquiatra e de uma conhecida historiadora. Sua infância e adolescência transcorreram nos círculos letrados de Buenos Aires, de onde saiu para estudar literatura latino-americana em Paris e fazer poesia em Barcelona. Um daqueles raros e felizes casos em que a criação trabalha a favor da vocação, aos vinte e poucos anos de idade Pancho parecia saber de cor a poesia francesa, castelhana e italiana desde a baixa Idade Média, além de ter um conhecimento assombroso de diversas outras literaturas. Tudo nele era método, concentração de vontade e promessa realizada. Rapidamente, Daniel e ele se tornaram grandes, enormes amigos, cada um entregando ao outro generosamente o melhor de si, primeiro por cartas, depois por telefone, e-mail e, por último, em pessoa. De um ponto de vista bibliográfico e documental, digo apenas que a correspondência entre Daniel e Pancho, se publicada em conjunto com os rascunhos iniciais do romance que tenho em meu poder, seria peça fundamental de uma edição crítica definitiva de *Os diálogos do castelo*.

Aos nomes de Hughes Bennett e Pancho Pellizzari deveria ser acrescentado o de K. Hoyama, tradutor do romance para o japonês — enlouquecido fã de *heavy metal* brasileiro, responsável por peregrinações anuais a Belo Horizonte para comprar o catálogo completo da gravadora Cogumelo —, e, em pouco tempo, dizia-me meu amigo, o de Daniel Hauptmann.

Porque a epifania de Daniel fora precisamente a de que o ciclo começado com *Os diálogos do castelo* ainda não havia se fechado. Algo permanecia incompleto; um lastro o impedia de seguir adiante. Outros problemas ocupavam-lhe o espírito quando ganhava a vida traduzindo profissionalmente, mas, desde o *affaire* Tolentino-Campos, Daniel fora tomado por um profundo interesse pelos problemas da tradução, tantas vezes discutidos em suas cartas a Pancho Pellizzari em Barcelona. Daí nascera o projeto do qual se serviria para exorcizar a depressão e seu bloqueio vital: traduzir ele mesmo *Os diálogos do castelo* para o alemão. A recriação e interpretação de sua obra em outro idioma faria a serpente morder a própria cauda, liberando-o para seu próximo projeto.

Quando a notícia se espalhou, alguns debocharam de sua pretensão; outros, de sua vaidade. Muitos desejaram secretamente o fracasso da empreitada ou, ainda melhor, o vexame público de um texto de segunda categoria. O próprio André Weiss fez o possível para desencorajá-lo da ideia, argumentando que um bom trabalho pouco acrescentaria a seu nome, enquanto um fracasso seria uma oportunidade permanente para diminuí-lo e humilhá-lo no futuro. De minha parte, aquela discussão me parecia fútil. Eu conhecia as armadilhas da tradução e a complexidade do texto, talvez melhor do que ninguém. No entanto, observar meu amigo realizar tarefas que, em teoria, pareciam acima de suas capacidades foi uma experiência que tive tantas vezes a ponto de quase insensibilizar-me com ela. Em suma, eu sabia que, caso quisesse, ele o faria. A questão do porquê também me parecia secundária: quem, na realidade, é capaz de desvendar as motivações de outra pessoa? Que importava se ele havia decidido traduzir seu próprio livro por vaidade, por tédio ou simplesmente pelo desafio? Importava, e eu parecia ser o único a entender isso, impedir o maior de todos os perigos, o único a ser evitado a todo custo: que Daniel voltasse contra si mesmo sua prodigiosa capacidade de produzir dor e destruição.

Com isso em vista, fiz o possível para estimulá-lo. Por essa medida, o sucesso foi parcial. Períodos de trabalho frenético, fúria bibliográfica e reaproximação dos amigos alternavam-se com outros de assustadora letargia, pontuados por longas viagens pelo mundo com a namorada do momento. Foi nessa fase que ouvi pela primeira vez o nome de Malu.

Curiosamente, as coincidências que aproximaram Daniel e Malu nasceram de um último esforço que fiz, de um plano mirabolante de minha parte para tentar ajudar meu amigo a sair de sua depressão. Velho conhecedor do poder hipnótico de suas palavras, tanto incomodei a ele e a André que consegui convencê-los a organizar um ciclo de palestras patrocinadas pela Praça do Mercado em que Daniel falaria a cada terça-feira sobre os livros e autores mais importantes em sua formação como escritor. O evento aconteceria no térreo da própria editora, num salão recém--convertido em auditório. A princípio todos adoraram a ideia, e os três primeiros encontros foram um sucesso, com cadeiras no corredor e pessoas sentadas umas no colo das outras. Na quarta semana, porém, o palestrante caiu doente com uma pneumonia dupla e, ao voltar da convalescença, havia perdido o interesse no assunto. Três conferências, no entanto, bastaram para descobrirmos que *Os diálogos do castelo* havia se transformado em objeto de culto para um grupo enorme de estudantes, todos muito jovens, do qual sairiam alguns dos principais escritores, professores e jornalistas do presente. Ao longo dos anos, muitos deles me disseram que aquelas noites estiveram entre as experiências mais marcantes de suas vidas. A última palestra, em particular, foi realmente memorável: carregado por um sopro de entusiasmo como nunca vi igual, Daniel lançava palavras convulsas, sublinhadas pelo movimento crispado das mãos, enquanto declamava de memória e traduzia poemas e mais poemas de Stefan George, um de seus escritores de devoção. Ao final, falou, emocionado, do círculo de intelectuais que se formou ao redor do poeta germânico e fez um apelo aos presentes para evitarem a qualquer custo a solidão intelectual e espiritual, segundo ele, "um dos maiores perigos da alma". Que Daniel falava de si, de sua própria luta amarga com a solidão que ele sentia haver-lhe sido imposta por Curitiba, era para mim óbvio. Não foi dessa forma, porém, que muitos entenderam suas palavras, e sim como um apelo egomaníaco para que ao seu redor se formasse algo semelhante ao círculo de George. Em pouco tempo, corriam pela cidade rumores de escárnio sobre aquele grupo informe de jovens para quem *Os diálogos do castelo* foram a introdução à literatura. Entre eles estava um rapaz quieto, recém-chegado de Curitiba para estudar em São Paulo. Anos mais tarde, Rafael Viotti chegaria a ser publicado pela Praça do Mercado, mas naquele momento seu principal papel foi o de apresentar sua irmã mais velha a Daniel.

Malu havia saído de Curitiba aos 17 anos para estudar na ECA. Aos 26, quando a conhecemos, ela era uma fotógrafa em ascensão, cheinha, de quadris maiores que os ombros, a carne muito branca se insinuando por baixo das eternas roupas negras. Seu rosto era desafiadoramente lindo, a simetria impossível do nariz e das maçãs da face permanentemente coradas emoldurava uns olhos que lembravam duas safiras iluminadas por dentro do crânio. Daniel costumava dizer que, se tivesse sido contemporânea do jovem Fitzgerald, Malu entraria para a história como a maior de todas as *flappers*, cabelos curtos e tudo. Exceto por não saber dirigir, a imagem de uma Louise Brooks tropical era um bom retrato daquela garota orgulhosa e sedutora. Rafael tinha exatamente o mesmo rosto de Malu, com o temperamento inverso. Aos 19 anos, os cabelos loiros e os traços andróginos o envolviam num ar de timidez e tédio que pareceria insuportavelmente artificial, se não fosse evidentemente natural.

Alguns relacionamentos parecem assombrados por uma questão inescapável: como saber se o bem que fizeram um ao outro foi mesmo maior do que o mal? Assim era o daquele par, profunda, perturbadoramente apaixonados. Ele, inflexível; ela, caprichosa; os dois, difíceis. Em meio a isso, havia uma divergência irreconciliável de gostos e hábitos. O namoro coincidiu com o auge da cena *clubber* em São Paulo, à qual Malu se entregou como se nada mais existisse no mundo. Até conhecê-la, eu juraria ser impossível uma pessoa dançar das onze da noite às nove da manhã, seguir para a casa de amigos e continuar dançando até o começo da tarde. No entanto, durante anos a fio, essa foi a descrição dos fins de semana de Malu. Apesar de pacato, em situações especiais Daniel era capaz de momentos de grande concentração de energia, emendando dias e noites com intervalos de sono nunca superiores a quatro horas. Não se tratava, porém, de mera resistência física. Uma das peculiaridades de meu amigo é que, desde adolescente, sempre odiou "a noite", a não ser para caminhar. Bares e restaurantes, ele os frequentava apenas na companhia de conhecidos, em geral pessoas que rendessem conversas interessantes. Sair sem objetivo, somente para passar o tempo, horrorizava-o. Nada o repugnava mais do que casas noturnas, discotecas e clubes, "luzes psiquiátricas e música ensurdecedora", como dizia. Enquanto o afastou de pessoas com quem já não tinha maior afinidade, esse traço passou como uma pequena excentricidade. Quando, porém, Daniel percebeu que grande parte da vida da mulher por quem se apaixonara era feita do objeto de seus pesadelos, a situação se complicou.

Aos poucos, os dois estabeleceram um modo de vida no qual praticamente não se encontravam nos fins de semana, que Malu consumia integralmente dançando e dormindo. Para os padrões em que haviam sido criados, foi uma relação surpreendentemente desprovida de ciúmes, mas Daniel sofria com essa separação forçada. Havia uma intensidade pouco sadia na maneira como ele precisava da presença de Malu, como se tornava mais escuro e depressivo nos momentos em que estava longe dela. Amargo, meu amigo se ressentia ao sentir-se trocado por algo que lhe parecia inferior e sem valor. Às sextas-feiras, ele lia a *Noite Ilustrada* e balançava a cabeça, desacoroçoado com um mundo que não lhe dizia nada.

A despeito das dificuldades, Daniel considerava cada vez mais a sério a ideia de passar o resto da vida com a namorada. "Ela é a única pessoa que me entende de verdade, que sabe quem sou", dizia. De sua parte, apesar de comungar em todos os preconceitos de sua geração, entre eles a repulsa a "compromissos", era comum ouvir Malu sonhando com um futuro ao lado de meu amigo, morando em Londres, dividindo com ele um espaço onde pudessem fotografar e escrever juntos.

Ao fim, um sistema de coagulação e dissolução, acelerado muitas vezes a um ritmo francamente maníaco-depressivo, terminou por se estabelecer naquele relacionamento. A paz trazia o trabalho e os planos para o futuro; as brigas, um negro niilismo. O tempo que antecedeu o Salão do Livro de Paris, incluindo o jantar na casa de André e a história do filme projetado por Valêncio Xavier, capturou exatamente a passagem de uma fase à outra. Foi a única vez, se bem me lembro, em que os dois chegaram a romper de verdade. Havia tempo, Malu pedia ao namorado algum tipo de ajuda a Rafael em suas primeiras tentativas como escritor. A sensação de que Daniel não fazia tudo o que estava a seu alcance parece ter sido a gota d'água para uma separação amarga e cheia de recriminações. Como resultado, Malu começou um relacionamento ostensivo com um antigo *affair* e Daniel caiu de cama sem apetite, de onde, paradoxalmente, só saía durante as noites, atormentado pela insônia. Cada vez mais magro e abatido, foi a única vez, aliás, que conseguimos convencê-lo a ver um médico, companheiro de trabalho de Fernanda no Sírio. Durante esse período, os irmãos Viotti, com passagens já compradas para a França, foram excluídos de nosso grupo e assim permaneceram até a reconciliação final.

Feridos e exaustos, o recomeço foi tateante, tendo início no apartamento de André e culminando na decisão tomada pelos dois de chegar a Paris uma semana antes do resto de nós, para aproveitar a cidade sem os compromissos do Salão do Livro.

* * *

Nas poltronas da classe executiva da Air France, Fernanda e eu ouvimos André por quase oito horas, com variados graus de atenção ao longo do trajeto. Tomando champanhe e comendo um tipo de pistache pelo qual era apaixonado, ele estava animadíssimo. Logo após a decolagem, começou a contar-nos sobre a nobreza franco-brasileira que ainda circulava por Paris.

— A condessa de Paris, eu conheci numa recepção. Muito chique, muito distinta. O marido é o herdeiro do trono da França. Os livros de memórias dela são uma maravilha, recomendo vivamente. Outra que costumava frequentar todas as festas é a duquesa de Rochefoucauld, que, aqui entre nós, só ia pela comida. Ela é americana. Os americanos, vocês sabem...

A seu lado, uma bandejinha se enchia com cascas de pistache.

— Já a princesa de Polignac é amicíssima daquela gente, os...

Percebi que Fernanda estava prestando atenção e aproveitei para tirar um cochilo. Quando acordei, ele falava do embaixador do Brasil, um velho amigo, e dos ingressos que havia comprado para a ópera. Minutos depois, foi a vez de Fernanda tomar a palavra. André escutou atento, sem dúvida ajudado pelo champanhe, a narrativa dos preparativos para meu casamento, dando palpites onde lhe parecia necessário.

Rafael, na cidade desde o dia anterior com a namorada, nos esperava no aeroporto. Apesar de hospedado no Bedford conosco, não havia conseguido ainda encontrar Daniel e sua irmã.

— Os dois sumiram. Simplesmente desapareceram.

Após um trajeto que me pareceu longuíssimo, a van estacionou a alguns metros da porta do hotel. Era uma manhã fria e chuvosa de março, sexta-feira. Mal havíamos pisado na recepção, a primeira pessoa que cruzou nosso campo de visão foi Nélida Piñon, saindo do elevador e andando com passos frágeis em direção à porta.

— Pelo menos eu e o Daniel não somos os únicos escritores do hotel — brincou Rafael.

Exausto, dormi a manhã toda até ser acordado por uma ligação de André Weiss, que havia se separado de nós no aeroporto e tomado um táxi sozinho para seu apartamento.

— Roberto, que história é essa de sumiço? Faça o favor de encontrar seu amigo e lembrá-lo de que vamos todos à ópera amanhã! Estou indo almoçar com o Jean, falamos outra vez no fim da tarde.

Jean Sarzana, diretor do Syndicat National de l'Édition, era um de seus principais contatos no mundo editorial francês. Eu sabia que o almoço seria longo — os dois eram velhos conhecidos — e esqueci André por algumas horas. Fernanda e eu terminamos de desfazer as malas e subimos ao andar de cima, onde estavam os outros dois casais. Depois de batermos insistentemente no quarto de Daniel, foi a porta ao lado que se abriu.

— Nada ainda — disse Rafael, colocando a cabeça para fora. Em suas mãos, um cartão sem data, assinado por Malu, dizia que não esperássemos por eles. O *concierge* não sabia quando o envelope havia sido deixado na portaria.

Em nossa chegada, pela manhã, uma chuva fina dançava nos vidros do carro que nos levou ao hotel. À tarde, a garoa havia desaparecido, deixando em seu lugar um céu cinza, baixo e triste. Em outro lugar, talvez a umidade e o frio nos afastassem das ruas. Em Paris, decidimos sair, tomando um táxi para a catedral de Notre-Dame. Eu conhecia a cidade o bastante para me permitir ignorá-la por alguns minutos e me concentrar nos problemas e nas responsabilidades que me preocupavam. No banco da frente, a namorada de Rafael seguia falando, num fluxo que começara ainda em seu quarto e prosseguiu ininterrupto até o fim do dia. O motorista havia percorrido poucas quadras quando, de súbito, Janaína se calou. Teria sido o suficiente para que eu percebesse algo fora do normal, mas logo depois ela mesma gritou:

— Olhem ali!

Golpeando o vidro com o indicador, ela apontava para um banco de pedra na Place de la Concorde. No trânsito pesado, passamos vagarosamente por Daniel e Malu, capturando a delicada coreografia de uma discussão num longo e inesperado *travelling*. Sentados um de frente para o outro, os gestos crispados foram suficientes para dissipar qualquer dúvida sobre a tensão entre os namorados. Pesadamente agasalhados os dois, pouco enxergávamos além dos olhos claros e da pele muito branca de seus rostos contra o céu escuro.

Satisfeitos por confirmarmos que estavam vivos após uma semana sem contato, deixamos Daniel e Malu presos em seu ciclo destrutivo, àquela altura tido por todos como inquebrável, e prosseguimos com nosso passeio, estendido até tarde da noite. Para o dia seguinte, o combinado foi uma visita ao Louvre logo cedo, precedida da tomada de assalto do quarto dos pombinhos.

Pela manhã, silêncio na suíte ao lado da de Rafael. Da portaria veio a confirmação de que "os jovens brasileiros" não costumavam passar muitas noites no hotel. Um pouco decepcionados, saímos para tomar um café da manhã recomendado por André Weiss perto da Sorbonne. Depois da refeição e da parada num *bouquiniste*, decidimos caminhar o curto trajeto entre o Quartier Latin e o Louvre. Não havia sol, e o céu continuava com uma cor que passeava entre o chumbo e o carvão, mas fazia muito menos frio que no dia anterior. Andávamos devagar, embriagados pela sensação de liberdade dos viajantes. A cada esquina algum de nós fazia questão de parar e examinar as placas parafusadas nas paredes das casas onde viveram os personagens dos livros que havíamos lido a vida toda.

Seguimos boa parte do trajeto margeando o Sena. Ao subirmos os degraus da pont des Arts, Rafael, Fernanda e Janaína se debruçaram para observar os barcos que passavam. Continuei caminhando, distraído, em direção à margem direita, quando avistei dois vultos conhecidos sobre o último par de bancos perpendiculares ao comprimento da ponte. Na superfície plana sem encosto, Daniel e Malu estavam sentados apoiados um nas costas do outro, um par de aparadores de livro humanos. Alheios aos turistas, compartilhavam em silêncio um saco de biscoitos pousado a seu lado, absorvidos na leitura de um jornal.

Aproximando-me devagar, permaneci um bom tempo observando-os sem ser notado. Foi só o ruído de meus três companheiros ao longe que terminou por despertar sua atenção. Daniel ergueu a cabeça em minha direção; os olhos embaçados de sono me pareceram fundos e tristes. Bocejando, ele me disse numa voz gutural:

— Você por aqui, *mon petit Robert*.

— Já faz um tempo que estou por aqui. Procurando vocês, aliás. Onde...?

Colocando o jornal entre as pernas, ele se espreguiçou estirando os braços como uma estrela.

— Em concertos de piano, bares, por aí. Conhecemos também uns uruguaios muito gente boa.

O resto do grupo uniu-se a nós. Por alguns minutos, tentamos convencê-los a ir conosco ao Louvre.

— Estivemos no Louvre todos os dias desde que chegamos — bocejou Daniel.

— Preciso dormir — falou pela primeira vez Malu, seus olhos inchados e sem maquiagem.

Percebendo que os perderia outra vez por sabe-se lá quanto tempo, sentei-me na ponta do banco de pedra ao lado de Daniel e comecei a repassar rapidamente a agenda dos próximos dias.

— Hoje à noite temos a ópera com o André, não se esqueça. Amanhã, coquetel na Embaixada para receber todos os escritores brasileiros antes da abertura do Salão. Na segunda, você dá palestra na Biblioteca Nacional, na Sala Richelieu, e depois vai para uma sessão de autógrafos. Na terça, tem uma mesa-redonda com... .

Daniel não me escutava. Pálido, com enormes olheiras negras, ele estava perdido, longe de mim. Observando seu rosto envelhecido pelo cansaço, pensei em Cartier-Bresson, num retrato que capturasse meu amigo naquele momento, com os olhos injetados, barba por fazer e cabelo longo e oleoso lançado para trás por repetidos movimentos de mão — uma imagem do escritor Daniel Hauptmann: inteligente, atormentado e destruidor.

— Vá direto ver a *Vênus de Milo* — disse ele por fim, apontando na direção do museu. — Preste atenção nos olhos dela.

Aproveitamos o encontro para tirar uma foto, um solitário raio de luz iluminando nossos rostos como numa pintura holandesa do século XVII. Logo depois nos separamos, e o casal recém-encontrado partiu de mãos dadas, em silêncio. Novamente o dia foi longo. Após o Louvre, as mulheres foram às compras; Rafael e eu, ao Musée de l'Homme ver o crânio de Descartes. Fim de tarde, na hora marcada para nos encontrarmos no hotel, Daniel e Malu haviam desaparecido uma vez mais. André Weiss ficou decepcionado, mas não surpreso. De algum modo, todos sentíamos os problemas de Daniel como uma corrente subterrânea vibrando sob nossos pés.

A ópera era *Carmen*. Juan Diego Flórez, o tenor, arrancou ao menos algumas lágrimas e muitos minutos de aplausos em pé. Ao final, sob o frio daquele fim de inverno, as ruas de Paris refletiam um brilho diferente, estranho e convidativo. A opção de pegar um táxi nem sequer nos passou pela cabeça. Conversando e rindo, pusemo-nos a caminhar até o apartamento de nosso anfitrião no quai Malaquais. Em lugar de tomarmos o caminho mais curto pela avenue de l'Opera, descemos pela place Vendôme, cruzamos o jardin des Tuileries e atravessamos o Sena pela pont Royal. A voz melodiosa de André Weiss nos servia de guia pelo caminho, e, aproveitando seu bom humor, pedi que dividisse com os outros as histórias de seu edifício.

— Comece com aquela do *concierge*.

André sorriu, um pouco constrangido. O zelador do prédio era um português a quem ele amava como a um parente. Seu José, quando soube que André havia estudado literatura na Sorbonne, fez questão de lhe informar da vizinhança ilustre. Naquele mesmo prédio, contou, havia morado um escritor muito famoso, "aq'le sh'nhor, George Sand", como dizia nosso editor, esforçando-se para imitar o sotaque do velho transmontano.

— Fiquei com pena de dizer a ele que George Sand era uma mulher. Imagine a quanta gente ele não deve ter repetido isso...

— Você mora no mesmo apartamento da George Sand? — perguntou Rafael, surpreso.

— Na verdade, ela morou no meu prédio, não no meu apartamento. Ela vivia na mansarda, os pequenos cômodos ou *chambres de bonne*, no telhado das casas. Mas meu apartamento tem história, não se preocupe. Nele nasceu outro grande da literatura francesa, Anatole France. É engraçado, você vai ver que até hoje está lá a placa em homenagem a George Sand no meu edifício, mas a placa de Anatole fica na fachada da École des Beaux-Arts, que é o prédio vizinho, pois a velha condessa da família proprietária, já falecida, dizia que não queria homenagens a anticlericais no prédio da família.

Rindo muito, chegamos por fim ao edifício, ao lado da Académie Française. Ao contrário do que eu esperava, e em contraste com os espaços comuns escuros e marcados pelo tempo, o interior do apartamento estava decorado num estilo ultramoderno, todo em tons de branco, misturando móveis antigos e peças de design. Os únicos elementos escuros do lugar eram um pequeno friso no gesso trabalhado do teto e a mesa de jantar. Era minha primeira vez no local, e fiquei surpreso com seu tamanho, maior do que eu esperava. Os três quartos e a bela cozinha acompanhavam a decoração da sala.

Com o anfitrião de bom humor, a noite foi longa e divertida. Garrafas e mais garrafas de vinho nos tornaram melhores ouvintes das histórias maravilhosas de André. Ele começou com recordações de José Guilherme Merquior, a quem ia visitar diariamente na Unesco, passou por Beckett e Cioran, com quem se encontrava em apartamentos de amigos em comum, e terminou com Aimée de Heeren, ex-amante de Getúlio Vargas, *socialite* internacional que, solitária, costumava convocá-lo para almoços nos melhores restaurantes de Paris, onde lhe pedia que recitasse Casimiro de Abreu e Alfred de Musset.

— A Aimée é a responsável pelo meu único arroubo de escrever ficção — contou-nos. — Anos atrás, nas madrugadas de um verão que passei em Capri, escrevi dois terços de um *roman à clef* sobre algumas figuras da alta sociedade e das letras que iam e vinham entre Paris e o Rio de Janeiro nos anos 1950 e 1960, baseado nas recordações de meu avô materno e da própria Aimée. No livro, ela era meu Virgílio. Em longos almoços oníricos, Aimée me ajudava a navegar aquele mundo louco e incestuoso com insinuações e conselhos que eu tinha de decifrar.

Rafael ficou animadíssimo e passou a incomodar André para que ele concluísse o trabalho e depois o publicasse. A editora não seria um problema, brincou. Diante das negativas, implorou para ao menos ver o manuscrito.

A embriaguez tornava André mais histriônico do que nunca, fazendo-o balançar a cabeça e revirar os olhos ao falar.

— Aquele maço de papel veio de Capri direto para minha mesinha de cabeceira — disse, apontando para um dos quartos — e de lá nunca saiu. E quer saber? Antes de morrer, eu mesmo vou queimar tudo, para não correr o risco de alguém saquear minhas gavetas e publicar tudo depois.

Após alguns momentos de grande agitação, André assumiu a calma triste dos bêbados.

— Além disso, meu trabalho é dar palpite no texto dos outros. O escritor aqui é seu cunhado, que, aliás, parece ter trocado nossa agradável companhia pela de seus próprios fantasmas.

Domingo foi um dia lento, de chuva e descanso. Já no fim da tarde, eu me aprontava para a recepção daquela noite quando ouvi batidas à porta. Daniel entrou trazendo nas mãos um mapa arrancado de um guia turístico. Ele havia percebido, dizia, que a residência oficial do embaixador ficava relativamente perto do hotel e decidira ir caminhando. Na realidade, já estava de saída e apenas passava no meu quarto porque não havia conseguido falar com Rafael e Janaína.

— Mas ainda é cedo — protestei.

— Vou andando devagar, sem pressa.

Inquieto, ele esquadrinhava o quarto de alto a baixo, como se procurasse algo. Não havia paz alguma em sua expressão. A lembrança de Fernanda se arrumando no banheiro me fez perguntar por Malu.

— Ela ainda está tomando banho e vai com vocês mais tarde, foi isso que vim avisar.

O tom em que falava era neutro, quase displicente. Quando se calou, observei-o olhando para o vazio por algum tempo, quase imóvel. Subitamente, ele foi sacudido por um movimento brusco, virando a cabeça para a direita como chamado por uma voz que não estivesse ali. Fiz menção de dizer algo, mas o som do chuveiro sendo desligado, acompanhado do ruído de Fernanda abrindo a porta do boxe, foi como um estalo de dedos quebrando um encanto. Sem emoção, meu amigo se despediu e saiu, deixando a porta entreaberta atrás de si.

Sabendo que Fernanda não estaria pronta tão cedo, decidi subir ao quarto de Malu e combinar a partida para a residência do embaixador. Depois de bater algumas vezes, eu estava a ponto de desistir. Cheguei a pensar em tentar o quarto ao lado, mas lembrei que Daniel não havia encontrado Rafael por uma razão óbvia. Sem ter sido convidado para a recepção, o casal decidira passar o dia em Versalhes. Eu me preparava para descer quando ouvi o trinco se mover e escutei uma voz muito baixa murmurar "ah, é você... entre". Foi o que tentei fazer, mas a porta estava obstruída. Aplicando cada vez mais força, consegui mover uma pesada mala que agia como uma barricada involuntária. Detrás dela, havia uma segunda mala, um pouco menor. A única luz do ambiente vinha do banheiro, e demorei um pouco para perceber que Malu vestia calça jeans e tênis. Os elementos dispersos foram fazendo sentido até que, por fim, adaptei-me à escuridão e consegui distinguir seus olhos e o ódio que pulsava neles com o ritmo de batimentos cardíacos.

— Eu estou indo embora!

Malu lutava para se conter. Murmurei qualquer banalidade sobre a festa e me fixei em seu rosto. Ela não estava chorando, mas a face sem maquiagem me encarava deformada de raiva.

— Vá você à festa. Vá embora. Vá à merda!

Um novo pulso de ódio.

— Me deixe.

Dei as costas a ela e comecei a afastar as malas do caminho.

— O Daniel é um egoísta! Ele não se importa com ninguém! Agora fique aqui e me escute!

Quase na ponta dos pés, com um cuidado ridículo e sem sentido, fechei a porta devagar e segui até o elevador, tentando ignorá-la enquanto ouvia seus gritos.

— Ele não se importa comigo, não se importa com meu irmão, não se importa se estou grávida ou não. E não se importa com você! Você vai se foder, vai se foder como todo mundo, pode saber disso. Seu idiota... Idiota... Idiota!

André Weiss nos encontrou no hotel e partimos todos em seu táxi. Minutos depois, estacionávamos diante de um edifício de três andares com a bandeira do Brasil hasteada pouco acima da porta de entrada. Me chamaram a atenção os toldos brancos sobre as janelas e a grande aldrava de metal dourado fixada nas portas de madeira.

Sentado no banco de trás a meu lado, André leu meus pensamentos e disse:

— O edifício foi um *hôtel particulier*. É bonito, vocês vão ver. Mas, de fato, para os padrões de Paris não tem nada de espetacular.

Na calçada, Fernanda perguntou se ele já havia estado muitas vezes ali.

— Algumas — respondeu. — O embaixador é um grande sujeito.

Estávamos entregando casacos e bolsas a um empregado da casa quando ouvimos vozes vindas de um pequeno corredor lateral. Uma delas, para mim desconhecida, soava grave e baixa. A outra, inconfundível, era a de Daniel em seu estado mais animado.

— Eu acho *Sargento Getúlio* o maior romance brasileiro dos últimos vinte e cinco anos, uma obra maior, de verdade.

— O que é isso, rapaz? Obrigado.

— Não faz muito tempo — Daniel interrompia e sufocava seu interlocutor sob uma barragem de palavras —, dei uma entrevista para uns jornalistas alemães, eles queriam saber da minha tradução. Fiz questão de dizer que meu modelo não foi Nabokov nem Beckett, mas o senhor. Estudei a fundo sua versão de *Sargento Getúlio* para o inglês e fiquei muito impressionado. Na verdade, seu caso era muito mais difícil que o meu...

— Não me chame de senhor, pelo amor de Deus.

Lentamente, as vozes se moveram em nossa direção até que, por fim, pudemos ligá-las aos seus devidos corpos. Ao lado de meu amigo, o ar tranquilo e os inconfundíveis óculos enormes davam a João Ubaldo Ribeiro o aspecto de alguém disfarçado de João Ubaldo Ribeiro. Paciente, ele respondia a Daniel mais com seu sorriso gentil do que com palavras. O empregado desapareceu e ficamos a sós no vestíbulo. Feitas as apresentações, em pouco tempo conversávamos tranquilamente. João Ubaldo confessou que achava aquele tipo de festa uma chatice e que, tentando evitar a décima autoridade da noite, havia escapado para o banheiro, onde encontrara aquele jovem tão amável e animado.

Nos poucos passos que nos separavam do salão principal, Daniel perguntou por Malu. Ficamos um pouco para trás, o suficiente para que eu lhe contasse de minha visita a seu quarto. Triste, mas não surpreso, ele foi interrompido pelo jovem secretário de embaixada pronto para nos receber. Baixo e rotundo, o rapaz tinha a pele morena, bochechas coradas e cabelo bufante. Alegre, ele estendeu a mão a Daniel.

— Armando Soares, *enchanté*. É um pra-zer — disse, escandindo as sílabas. — Deixe eu lhe dizer que o embaixador adorou seu livro.

Retirando um lenço do bolso, secou delicadamente a testa e continuou com um ar de contrariedade afetada e divertida.

— Eu também amei o livro, é claro, mas tenho uma reclamação. Certas coisas são imperdoáveis. Meu filho, você (posso lhe chamar de você, não é mesmo? Tão mocinho ainda) nunca, nun-ca, poderia ter feito o Diabo derrotar o pobre jesuíta. Isso é horrível, horrível. Você tem que falar de Deus, da vitória de Deus, nunca do Demônio! Meu amigo padre Ivo sempre diz que...

Era difícil saber se o diplomata falava a sério. De qualquer modo, a excentricidade de seus modos cativou o grupo por um momento. Sem sorrir, mas com o semblante mais leve, Daniel lhe respondeu:

— Você parece católico.

— Com a graça de Deus!

— Então — meu amigo curvou-se e baixou a voz, como se murmurasse um segredo — você deve saber que é um artigo de fé da Igreja o fato de que o pecado de Adão transformou a humanidade em prisioneira e escrava do Maligno. Toda a humanidade! Prisioneira e escrava de Satanás! Ele é seu amo e senhor, tanto quanto meu.

Armando fazia o sinal da cruz quando um senhor calvo aproximou-se de nós. De terno quadriculado escuro e gravata-borboleta, parecia uma versão aperfeiçoada de seu jovem secretário, igualmente fora do comum, porém mais à vontade. Seu olhar severo era desmentido pelo tom de voz brincalhão.

— Armando Soares! Você agora deu para rezar no meio da residência?

— Embaixadoooooor!

O embaixador foi encantador. Abraçou André, fez um galanteio a Fernanda e elogiou muito o romance de Daniel. Em seguida, aproveitou para nos apresentar as duas pessoas com quem estivera conversando até o momento: Paulo Coelho e sua mãe — a do embaixador, não a do autor de *O alquimista*. A elegante senhora, de quem infelizmente não me lembro o nome, foi a pessoa mais inteligente e agradável com quem conversei aquela noite. Em determinado momento, quando alguém mencionou o "melhor restaurante tailandês de Paris", ela assumiu um ar levemente perturbado e disse com uma seriedade inabalável:

— Ah, meu filho, confie em mim: artesanato, só persa; e comida étnica, só francesa. Qualquer outra coisa é um erro indesculpável.

Depois do encontro no hall de entrada e da saudação ao embaixador, Daniel separou-se de nós. Em seguida, primeiro André e depois Fernanda ficaram para trás entre rodinhas aborrecidas. Sozinho, entontecido pelo álcool, andei pelo salão trombando com figuras mais ou menos conhecidas do Brasil e da França. Por um momento, avistei Daniel e Paulo discutindo animadamente num canto tranquilo, ao lado de um grande sofá. Passei a um segundo ambiente, depois a um terceiro. Os lustres de cristal, a escadaria de mármore com tapete escuro no centro, as portas duplas de madeira trabalhada... "Então esse era o cenário de um *hôtel particulier* em Paris", pensei. Com a taça vazia na mão, fiz uma nota mental para perguntar mais tarde ao embaixador se a casa tinha uma biblioteca.

Não sei quanto tempo ou quanto vinho depois, esbarrei em Lygia Fagundes Telles sob o umbral de uma enorme porta pintada de branco e avistei Daniel e André Weiss em cantos opostos do amplo ambiente, cada um entretendo uma convidada da recepção.

Daniel falava com a jornalista francesa que o havia entrevistado na hora do almoço, uma morena com cabelos raspados à máquina e delicados seios expostos pelo decote de seu vestido negro. Escolhi aproximar-me de André, que ria na companhia de uma senhora com, no mínimo, três vezes a idade da jornalista.

— Roberto! Venha cá, deixe eu lhe apresentar minha amiga querida.

À medida que me aproximava, notei que ele e a senhora, coberta de joias e muito perfumada, olhavam fixamente para um ponto atrás de mim.

Ao voltar a cabeça, vi um fotógrafo profissional já posicionado para capturar nosso retrato.

— Álvaro, por favor! Você sempre me faz parecer dez anos mais velha!

Duas ou três poses mais tarde, fui finalmente apresentado à famosa Aimée de Heeren, de quem tanto ouvira falar, e ao fotógrafo da revista *Caras*, outro conhecido de André. Passei um longo tempo com eles, depois novamente com a mãe do embaixador. Fernanda juntou-se a mim e fomos apresentados a alguns diplomatas brasileiros servindo na embaixada. Do outro lado da sala, João Ubaldo fazia companhia à bela jornalista e a Daniel. A recepção estendeu-se mais do que imaginei que pudessem durar eventos desse tipo. Por muito tempo os salões continuaram cheios e o champanhe circulou em grande quantidade. Mesmo após longas horas, percebi que, além de Armando, todos os outros diplomatas continuavam ali, conversando e rindo como se estivéssemos todos sentados e descansados. Por fim, Fernanda me disse que não aguentava mais seus sapatos. De minha parte, o cansaço de três dias caminhando por Paris contribuiu para a vontade de ir embora. Aproximei-me de Armando, animado com um grupo de senhoras, agradeci o convite e disse que começaria a me despedir das pessoas para partir.

— Não, não — respondeu ele, sorrindo. — Despeçam-se só do embaixador e saiam à francesa, é assim que se faz. Boa noite, boa noite. Foi um prazer.

Antes de ir, procurei Daniel, sem encontrá-lo em nenhum dos três salões nem no corredor de entrada. João Ubaldo e a jornalista francesa tampouco estavam à vista. Com um pressentimento, despedi-me do embaixador, de sua mãe e de André, e voltei para o hotel com Fernanda. Em condições normais, entre Daniel perder a hora e o Salão do Livro ser cancelado na véspera de sua abertura, eu escolheria o segundo evento como mais provável. Dadas as circunstâncias dos últimos tempos, porém, antes de subir tomei a precaução de passar pela recepção e pedir que acordassem o senhor do quarto 45 às oito da manhã, o mesmo horário para o qual eu ajustaria meu próprio despertador. Detrás do balcão estava uma moça ruiva, dentes tortos e cabelo preso num coque — nunca me esqueci de seu rosto — que primeiro não entendeu o que eu disse e depois ficou me olhando como se eu estivesse brincando. Pensando talvez se tratar de uma dificuldade com o idioma, explicou-me, por fim, em inglês:

— *Monsieur Hauptmann already checked out. He left!*

Após um esforço imenso de concentração, pedi a Fernanda que subisse e ligasse para a Embaixada a fim de tentar falar com André Weiss. Eu conhecia Daniel e sabia que ele simplesmente não entraria num táxi para o aeroporto. Sua reação mais provável numa situação como aquela seria uma longa caminhada, tanto mais longa quanto maior fosse o problema que o atormentava. Num impulso, decidi procurá-lo. Nas ruas, o vento havia limpado o céu, e, ao sair, avistei algumas estrelas. O brilho de uma delas era claro e nítido, algo que me parecia impossível numa zona urbana tão densa como Paris. Procurei a lua e não a encontrei; não havia lua, apenas estrelas. Depois de umas tantas voltas a esmo, uma sensação de perda de tempo começou a crescer e ultrapassar a angústia que me impelia a andar. Era provável que André ainda estivesse na recepção. Decidi voltar à residência do embaixador. Para isso, era preciso cruzar o rio. A primeira ponte que me apareceu no caminho foi a Pont des Arts. Ao atravessá-la, busquei instintivamente o banco onde havia encontrado Daniel no dia anterior, agora vazio. Já quase na outra margem, vi a silhueta inconfundível de Malu apoiada contra a mureta. Eu estava disposto a seguir adiante, mas seus olhos buscaram contato. Ela havia se acalmado e parecia querer falar e refletir, tudo o que eu desejava evitar. Inquieto, escutei seus planos de mudar a passagem para o Brasil no dia seguinte e não guardei o nome do novo hotel onde passaria a noite. Quando os insultos começaram, pedi desculpas e me afastei, ouvindo sua voz novamente carregada de raiva e rancor.

— Um egoísta, um egoísta! Um monstro egoísta.

Naquele momento eu soube que não encontraríamos Daniel e que a conversa com André Weiss serviria apenas para combinar o cancelamento de compromissos e pensar numa história para a imprensa. Na residência do embaixador, a festa já havia terminado. De memória, busquei o caminho até o apartamento de André. Não sei quanto tempo levei até encontrar o edifício, apenas para ser informado pelo *concierge* português de que não havia ninguém lá. Tive um impulso de perguntar ao velho se George Sand havia morado mesmo ali, mas não consegui. Na volta ao hotel, perdi-me novamente. Antes de entrar, olhei para o céu e confirmei que as estrelas continuavam visíveis.

Capítulo VIII

POR SUGESTÃO DA mulher, o dr. Molinari mudara pela primeira vez a decoração de seu consultório, mexendo em estantes e enfeites havia anos intocados. Descontente com o novo arranjo, olhava para a pequena estátua de madeira às costas do paciente, pensando que ela deveria trocar de lugar com a *Psicopatologia geral*, de Jaspers. Roberto estava mergulhado num de seus longos silêncios, que o médico fazia questão de não romper. A espada-de-são-jorge no canto lhe agradava, mas colocar a edição argentina das obras de Freud tão perto do chão fora um erro.

— O senhor me perguntou por que voltei, por que decidi voltar para Curitiba, lembra?

Quase sessenta dias haviam se passado desde a última vez que Roberto vira o psiquiatra, interrompendo uma rotina de consultas semanais que se estendia desde sua primeira visita.

— Lembro, claro.

— E o senhor lembra o que respondi?

— Você está me testando? — sorriu o psiquiatra.

— Não. Mas quero que o senhor me diga.

— Eu perguntei por que você havia decidido voltar, afinal haviam sido vinte anos em São Paulo. Nesse momento você me corrigiu e disse "dezenove". Viu como eu estava prestando atenção?

— E o que eu respondi?

— Que toda a sua vida em São Paulo desapareceu numa noite. Sua mulher morreu, seu chefe morreu, seu melhor amigo morreu e, na manhã seguinte, você mesmo estava numa UTI às portas da morte. "Voltei para recomeçar minha vida aqui, porque a que eu tinha lá foi destruída em dez minutos." Viu só? Palavra por palavra. Passei no teste?

— Impressionante — disse Roberto, em voz baixa. — Mas não é verdade, era isso o que eu queria lhe dizer.

— Você mentiu para mim, Roberto? Que coisa feia!

— Não é bem uma mentira, só que também não é a verdade. O que aconteceu foi que eu tive um sonho. De certa forma, foi por isso que dei um tempo... Não teve nada a ver com o senhor; eu gosto de vir aqui.

— Ufa! — brincou o médico. — E esse sonho foi diferente dos pesadelos de sempre, imagino.

— Sim, sim, totalmente diferente. Foi um sonho simples, rápido, se é que existem sonhos rápidos. Eu estava no mar, nadando. No fundo, não na superfície, e de repente uma baleia veio e me engoliu. Quer dizer, parecia um monstro marinho, mas eu sabia que era uma baleia, porque em sonhos a gente sabe certas coisas. Eu não morri nem me machuquei. Só fiquei lá dentro dela, num lugar úmido, não sei se no estômago ou na boca. Aliás, o sonho todo tinha essa sensação úmida, aquosa. Ela nadou muito tempo comigo; eu sentia claramente o movimento, até chegar a uma praia, abrir a boca e me deixar sair. Eu saí, vi a luz do sol, senti a areia nos pés e acabou.

— Só isso? Nada mais?

— Bem, "só isso" não faz justiça ao sonho. Quando acordei, eu sentia uma *calma* — Roberto enfatizou a palavra — extraordinária. Entendi tanta coisa, doutor... Tanta coisa...

— E você entendeu algo sobre sua volta?

— Sim.

— E o que foi?

— Eu voltei porque o Daniel odiava este lugar.

— Hum... Como assim?

— Se ele lutou tanto para ir embora, eu tinha que voltar, o senhor entende? Quando ele fugiu, eu fugi junto. Veja só: até na escolha das palavras eu me entrego, doutor. Quem falava em "fugir" era ele. Mas fugir de quê? Fugir para onde? E mesmo que houvesse algo do que fugir, por que não ficar e lutar? Qual era a pior coisa que poderia acontecer?

Desde que pisara em seu consultório, essa era a primeira vez que o dr. Molinari via Roberto falar com emoção, sem qualquer traço da antiga apatia.

— Quando ele morreu, era preciso fazer o movimento contrário.

— Interessante. E por que ele odiava Curitiba? Do que ele precisava fugir?

— Ah, essa história dá um livro. Mas, falando nisso, quero lhe mostrar uma coisa. O senhor se lembra do estudante que eu tinha contratado para ler para mim, não? Pois então, depois do sonho ele foi promovido. Agora, estou pagando um salário para ele me ajudar com algumas pesquisas. Nós já fomos até para São Paulo procurar uns papéis e buscar meu laptop no meu apartamento.

— Mas isso é muito bom, Roberto. Que grande notícia!

— Pois é, ele foi promovido de leitor a guia de cego. Um belo progresso! O Tomás é ótimo.

A novidade da ironia tampouco escapou ao médico.

— Bom, o senhor lembra que o Daniel estava escrevendo um romance em Barcelona? Que passou mais de dez anos escrevendo esse livro e nunca terminou?

— Sim, lembro.

— Era um romance passado em Curitiba, em parte, ao menos. Da última vez que vi o manuscrito, ele tinha quase mil páginas. E o senhor lembra que, no começo, ele me escrevia compulsivamente contando como ia o trabalho, falando das leituras que estava fazendo? Eu mandava muitos livros para ele em Barcelona.

— Sim, eu me lembro de você ter mencionado algo assim.

— Pois bem, o Tomás me ajudou a encontrar este e-mail. Tem a ver com o que estávamos conversando. Leia em voz alta, por favor.

Roberto tirou do bolso da jaqueta três folhas de papel sulfite dobradas em quatro e passou-as ao médico. Com os óculos de leitura apoiados na ponta do nariz, o dr. Molinari satisfez o desejo de seu paciente:

[...] *obrigado também pelos livros. Eles chegaram no dia da viagem, mas ainda deu tempo de trazer todos comigo para a França. Alguns comentários:*

a) *"Trapo" — Cara, sensacional! Fico pensando se não foi intencional esconder essa pérola sob o disfarce de um romance juvenil. Um negócio esotérico mesmo. Eu tenho a chave, é claro, mas quantos mais entenderão do que se trata? Porque se as pessoas pudessem enxergar o que o livro oculta, como elas se sentiriam? A conversa do pai do Trapo com o professor me gelou o coração e me fez chorar.*

b) *Jamil — Melhor prosador da cidade, ponto (o melhor poeta, você sabe, é Emílio de Menezes). Outra vez, os li-*

vros que eu havia lido na Biblioteca Pública me parecem muito maiores agora.

c) Leminski — A biografia e o livro de cartas trocadas com o Bonvicino — os dois únicos que eu nunca havia lido do lote que você mandou — foram os piores. A última vez que abri um livro do Leminski deve ter sido na faculdade, e, minha nossa, como ele é fraquinho, coitado. Tudo tão pueril e constrangedor... Agora, ali no meio tem uma carta, um trecho de uma carta, que me fez mal, tão mal que caí de cama. É sério! Veja só o que ele escreveu ao Bonvicino no Natal de 1978 (exato quarto de século atrás, que coisa...):

"estou estudando muito russo. desta vez, aprendo MESMO!
no sebo, aqui, feira dos livros usados,
um engenheiro polaco vendeu sua biblioteca em russo.
quem iria comprar? comprei tudo por preço irrisório.
entre outros, uma coleção dos 13 nºs (1 a 13) da revista "novi mir"
de literatura (um texto de pasternak/ poemas de evtushenko inéditos
em português/ e uma história universal em 6 volumes ilustrada, uma
coisa do tamanho de uma enciclopédia barsa, q só vendo... a história
vista pelo lado do trabalho.
menos faraós e mais estampas de escravos trabalhando, artesãos, trabalhadores, em todas as épocas, coisas q eu nunca tinha visto, viciado por histórias burguesas, valorizando reis e generais...
com esse material, (!) em um ano, domino russo.
ano q vem quero aprender 10 palavras novas por dia. em um ano, são 3650 palavras... além do domínio...""

"Quem iria comprar?" *Quem? Quem? Quem? Que frio na alma, meu Deus! Imagine a cena, Roberto: a mesma cidade, o mesmo sebo. Curitiba nos anos 1970, o sujeito encontrando uma biblioteca perdida, lendo, explorando aquele tesouro, fazendo um esforço para aprender russo sozinho sem ter com quem dividir nada daquilo, preso entre meia dúzia de bichos-grilos e uma multidão de alemães e polacos satisfeitos com o milagre econômico. O isolamento, a solidão. Nada mudou, nada nunca vai mudar. Aqui, em Paris, no Natal de 2003, percebi que eu fui ele, e depois outro será eu, e todos nós enlouqueceremos aos poucos e morreremos uma morte triste.*

Pousando o papel sobre os joelhos, o dr. Molinari pendurou os óculos de leitura no pescoço. Pela primeira vez, ele se sentiu aliviado por Roberto não poder ver seu rosto.

— Ele sempre foi assim? — perguntou.

— Sempre, desde que eu o conheci.

— E você, sentia o mesmo?

Roberto se mexeu desconfortavelmente na cadeira.

— Sim... Não... Não sei...

— E você voltou para descobrir?

— Eu voltei porque ele tentou me matar.

Capítulo IX

*Em Curitiba, o fracasso e o sucesso
são muito malvistos.*

— Paulo Leminski

UMA TARDE, NO fim de janeiro ou começo de fevereiro de 1982, eu andava pelos corredores de uma festinha que acontecia no edifício do curso de comunicação social da Universidade Federal do Paraná. O ano letivo ainda não havia começado e a festa fora organizada para receber os calouros que, como eu, matriculavam-se naquele dia. Ao contrário de outros cursos, não havia trote em comunicação e dúzias de garotos magros, com a cabeça raspada, aparentando 15 em lugar dos 17 anos que de fato tinham, vagavam pelo lugar, bebendo e tentando se enturmar com os colegas mais antigos.

Chegado do exterior havia poucos meses, eu não conhecia ninguém. Circulei entre rostos muito pálidos, tomei cachaça e vinho de garrafão, conversei com algumas meninas e busquei me enturmar num par de rodinhas. A música era muito alta e todas as pessoas pareciam felizes, o que me fez sentir um pouco deslocado. A ponto de ir embora, avistei um sujeito alto bebendo sozinho encostado na parede do corredor que dava para a porta. Aproximei-me e, notando em suas mãos um livro encadernado em capa vermelha, tive um pressentimento e perguntei:

— Você é de direito?

À época, direito e comunicação social dividiam o antigo prédio da universidade na praça Santos Andrade, e havia certa rivalidade entre os dois cursos, suficiente para fazer um calouro de direito estar fora do lugar naquela festa. O garoto alto abriu um sorriso franco, exibindo dentes arroxeados pelo vinho, e levou o indicador aos lábios pedindo segredo. Com a outra mão, estendeu-me, num gesto de cumplicidade, o garrafão do qual vinha bebendo e disse:

— Sou, mas não conte para ninguém. Vim aqui porque me disseram que o pessoal de comunicação é mais inteligente.

Curioso como uma criança pequena, seus olhos azulados absorviam tudo com avidez. A princípio, aquele calouro diferente me pareceu tímido, mas logo mostrou-se intenso e comunicativo. Ficamos amigos ali, no ato, e conversamos por um longo tempo, primeiro em pé e depois sentados ao sol num retângulo de concreto no pátio interno do edifício. Falamos sobre teatro e cinema. Lembro que ele me disse que gostava de Fernando Pessoa e se chamava Daniel. No fim da tarde, bêbados os dois, combinamos de nos encontrar em breve, depois do Carnaval, quando começassem as aulas. Ele se despediu prometendo passar na casa de meus pais para conhecer os livros que eu havia trazido de Melbourne.

Antes que isso acontecesse, porém, houve a faculdade. As aulas me lembravam o colégio onde eu havia estudado antes de ir para a Austrália. Nada acontecia em nenhum dos dois, e a sensação era a de estar ali apenas passando o tempo. Meus colegas falavam muito de política, o que não me interessava. Quase ninguém estudava a sério, e não demorei a entender o porquê: os próprios professores não se importavam com o que ensinavam; muitos eram vaidosos e vazios; apenas um gostava do que fazia. Ao fim, restavam as meninas, frágeis gurias a incendiar nossa imaginação. Logo nos primeiros dias de aula, descobri que a mais linda de todas, a mais linda do mundo, talvez, estava justamente na minha turma.

Eu estava parado do lado de fora da sala, conversando com dois colegas, quando ela veio em nossa direção, pediu licença mais com o olhar do que com a voz e entrou. Os três ficamos mudos, paralisados. A impressão foi tão forte que coloquei a cabeça pela porta e observei os outros dentro da sala de aula. Todos estavam atônitos, os olhos colados naquela japonesa alta, de pele muito morena, ereta como uma estátua diante da carteira, pousando suavemente no chão uma mochila de couro marrom. Cedo descobrimos que Juliana era simpática, calada e distante. Eu, de minha parte, me contentava em observá-la de longe, sobretudo nos intervalos entre as aulas, quando ela se dirigia em silêncio para a cantina que o curso dividia com direito, sentava-se e estudava concentrada, tomando café sem erguer os olhos para a agitação ao redor. Aquela mesa era o castelo inexpugnável da praça Santos Andrade, o prêmio máximo incessantemente a frustrar os cavaleiros incapazes de vencer dentro de si mesmos o dragão da timidez.

Entre as aulas e minhas pífias tentativas de conquista do castelo, eu aproveitava para procurar Daniel pelos corredores. Perguntei aos calouros de direito sobre ele; alguns lembravam de tê-lo visto uma ou outra vez, mas ninguém foi capaz de me dizer onde encontrá-lo. Temi que houvesse desistido do curso e fiquei um pouco desapontado. Nossa conversa do começo do ano ficara em minha memória, e mais de uma vez me peguei pensando em perguntar o que ele achava disso ou daquilo — sem esquecer, é claro, aquela beleza que hipnotizava o curso de comunicação social.

Pouco a pouco, fui fazendo amigos entre os colegas vindos do interior para estudar em Curitiba. Saíamos muito juntos, e passei a frequentar seus pequenos apartamentos e repúblicas de estudantes em longas noites de bebedeira e conversa. Ao contrário do pessoal da capital, os interioranos se interessavam menos por política e costumavam ser companhias mais leves. Por outro lado, eram apaixonados por futebol, que jogavam e discutiam com uma paixão que eu não conseguia nem entender, menos ainda acompanhar. Os livros e as aulas de teatro que compunham grande parte de minha vida na Austrália não tinham realidade ali. Lentamente, sem dramas ou rupturas, voltei ao estado em que havia começado a faculdade, só e sem companhia. Permanecia, porém, o único interesse que nos unia a todos. De certa maneira, foi ela que acabou quebrando a letargia dos meus primeiros meses de vida universitária. O semestre acabaria em poucos dias, e um amigo aproveitou uma viagem dos pais para organizar uma festa em seu apartamento. Dizer que tudo havia sido armado pensando na presença de uma única pessoa seria exagerar um pouco, mas não muito.

No dia da festa fazia um frio terrível e minha irmã caiu doente com febre. Acabei indo com meu pai levá-la ao hospital e me atrasei muito. Quando cheguei ao prédio no Batel, Thiago, o dono da casa, me esperava na porta. Adiantando-se, sem me deixar falar, deu-me um abraço e sussurrou em meu ouvido:

— Ela veio.

Diante de minha alegria, acrescentou, contrariado:

— Mas trouxe o namorado.

A decepção parecia lhe dar o dom da premonição, pois outra vez se antecipou às minhas palavras.

— Não, ninguém sabia que ela tinha namorado.

Eu mal havia entrado na enorme sala com vista para a Visconde de Guarapuava quando ouvi uma voz familiar às minhas costas.

— Eu não disse que ele estaria aqui?

Daniel apontava para mim enquanto lançava um olhar triunfante para minha colega de turma, linda num suéter azul de gola rulê. Eles estavam de mãos dadas.

— Opa, tudo bem? Eu não sabia que vocês...

Daniel me sacudia num forte abraço, enquanto falava, efusivo:

— Segundo a Ju, o calouro que encontrei na festa do começo do ano não viria, porque não havia nenhum Roberto na turma de comunicação social. Quando eu te descrevia, ela dizia que parecia um pouco com um outro colega seu... o Reinaldo.

Juliana tinha os olhos colados no chão, com um sorriso envergonhado.

— Então, bem-vindo à festa, Reinaldo! Acho que vocês já se conhecem — disse, apontando para mim e para Juliana.

Ferido em meu amor-próprio, eu só balbuciava:

— Mas como... vocês... se você nunca...?

Os dois se abraçaram e trocaram um sorriso cúmplice. Pouco depois, sentados num canto da sala perto dos vidros abertos para a noite fria, Daniel me contou que, realmente, "faltara um pouco" às aulas.

— Meu pai sempre me diz que o primeiro ano não serve para nada. Mais tarde, quando as matérias jurídicas começarem para valer, eu arrumo um bom estágio. É aí que se aprende direito de verdade.

O namoro vinha de outra parte: Juliana era, na realidade, sua aluna. A busca por um professor particular de alemão no quadro de avisos do Goethe-Institut a conduzira a um tal de D. Hauptmann.

— O melhor professor que já tive na vida — disse ela, sorrindo.

Novamente, conversei muito com Daniel, fascinado com aquele garoto inteligente e vivo. Tarde da madrugada, os últimos convidados estavam na sacada, casais abraçados entre grossos casacos e gorros de lã, sussurrando e tomando vodca. Daniel aproximou-se de mim e anunciou que partia. Passaria pelo apartamento de Juliana, que morava a poucas quadras dali, e depois iria andando para casa. Lembrando que morávamos perto um do outro, perguntou se eu queria acompanhá-lo na caminhada.

— Até o Cabral? Tá maluco? Lá fora deve estar uns dois graus! E você sabe quanto tempo leva para chegar à nossa casa?

— Uma hora e meia, no máximo — respondeu ele sem se alterar. — Vamos?

Foi a primeira vez que andei pela noite com Daniel. Arredio ao sol, sua paixão eram essas caminhadas longuíssimas pelos bairros de Curitiba, entre sombras e silêncios. "Me ajudam a pensar", explicava com simplicidade. De carro, o caminho seria simples, duas enormes linhas retas, mas Daniel não se orientava pelos automóveis. Giramos à esquerda e em poucos minutos estávamos metidos nas vielas do Batel caminhando em direção à praça Osório. O frio amortecia nossos rostos e tornava as ruas ainda mais desertas. Após alguns minutos em silêncio, perguntei:

— Mas o que você faz quando não vai à faculdade? Fica dormindo em casa?

— Não, isso, não. Meus pais pensam que sou um aluno exemplar. Geralmente passo as manhãs na biblioteca do Goethe ou na Biblioteca Pública e depois almoço com a Ju.

— Então você fala mesmo alemão?

— Sim, meu avô me ensinou. Desde criancinha, ele me levava para a oficina que ficava na sua garagem e me mostrava porcas, chaves, todo tipo de ferramenta. Eu tinha de repetir o nome de cada uma em português e depois em alemão. Contra toda a lógica pedagógica, eu gostava daquilo e terminei aprendendo. Depois, com 14 anos me matriculei no Goethe. No fim do ano passado fiz as últimas provas.

Poucos dias depois, a faculdade entrou em férias, Juliana viajou para Maringá a fim de passar o mês na casa dos pais e começamos a nos encontrar quase todos os dias para conversar, vasculhar os sebos do centro da cidade e ir ao cinema. Foi aquela convivência mais intensa que me mostrou o quanto Daniel era diferente de todas as pessoas que eu havia conhecido em Curitiba. Curioso, inteligente, ele não esquecia nada do que lia. Quando se apaixonava por um tema, dominava-o em pouco tempo. Entusiasmado, falava-me sobre Fernando Pessoa, Yeats, Strindberg e as Guerras Carlistas, sempre em períodos completos e com uma clareza deslumbrante. Muitas vezes cheguei a pensar que suas falas transcritas seriam mais interessantes e bem organizadas do que a maioria dos livros que nos obrigavam a ler na universidade. Outro de seus hábitos era o de se corresponder com estrangeiros. Perdi a conta de quantas vezes o vi encher folhas e folhas de papel barato em francês e inglês, endereçando cartas a jornalistas, professores, editoras e quem mais lhe parecesse digno de atenção. Recordo-me de uma ocasião, tempos depois, em que a mãe de Daniel sondou-me discretamente, nas mãos um maço de envelopes cobertos de selos e carimbos, sobre quem teria tanto interesse em escrever a um garoto tão novo — uma das muitas vezes que aquela senhora assustada recorreu a mim para tentar entender o próprio filho, opaco aos esforços dela e do marido.

A primeira vez que os vi foi no aniversário de Daniel, pouco depois da volta às aulas no segundo semestre. Dias antes da festa, perguntei a Juliana se ela já os conhecia.

— Conheço, conheço, sim. O pai dele é uma figura, pode se preparar.

A casa ficava na rua Jaime Balão, grande, retirada no fundo do terreno e quase invisível através da cerca de metal verde-escuro. Da rua, ouvi vozes e ruídos de festa. Após tocar a campainha, fui recebido pela mãe de Daniel, a senhora morena e apagada que mencionei antes, aparentando ao menos dez anos mais do que seus quarenta e poucos. Custou-me algum esforço lembrar seu nome — Isabel —, mas seria injusto criticar seu caráter "lunar" sem entender quem era o sol que brilhava no lar dos Hauptmann.

— Então você é o famoso Roberto!

O homem que esmagava meus dedos com o aperto de mão mais forte que recebi na vida era baixo, sólido, de ombros largos, com uma barriga redonda delineada pela camisa. Suas mãos eram pequenas e poderosas, com dedos grossos e robustos. Os cabelos de todo grisalhos não diminuíam em nada a vitalidade do olhar nem a agilidade dos movimentos. No entanto, como Daniel já havia me alertado, o traço mais marcante do dr. Joaquim era a voz, forte e onipresente. A voz de um homem seguro de si, que dominava o ambiente com ordens, imprecações e enormes gargalhadas.

Estávamos nos fundos do terreno, num anexo à casa, misto de salão de jogos e churrasqueira. Uma mesa de bilhar e outra de pingue-pongue haviam sido movidas para dar lugar à festa. Na parede do fundo, uma churrasqueira com o fogo alto, recém-aceso, dividia o espaço com uma pia de tampo de granito e uma geladeira. Ainda sem ter visto o aniversariante, recebi um copo de cerveja e me sentei entre senhores da idade de meu pai. O dr. Joaquim falava do carneiro que víamos assando sobre as chamas, contava histórias do Mustang 78 na garagem, sua paixão, e me convidava para jogar futebol na chácara da família, tudo num único fôlego. Nos intervalos cuidava do fogo e intrometia-se nas conversas dos amigos ao redor.

— Falando em futebol... Esse aí, sim — disse apontando com um grande garfo em direção a Daniel, que entrava na churrasqueira —, é um bobão. Se tivesse continuado no time do Santa Maria, estaria jogando com o irmão na seleção de Curitiba.

O irmão mais novo, Alexandre, era um menino de cabelos encaracolados e olhar vivo, craque da escola e, por consenso familiar, futuro médico.

— Vai ser neurocirurgião! — dizia, satisfeito, o dr. Joaquim.

Quando pude, escapei para a sala onde estavam os convidados da minha idade. Cumprimentei Juliana, os irmãos Hauptmann e fui apresentado a seus amigos de escola e ao único colega de faculdade presente, um velho companheiro de turma do Colégio Santa Maria. Daniel estava feliz. Emocionado, o dr. Joaquim lhe deu o grande presente da noite, uma bela faca com suas iniciais gravadas no cabo entalhado em osso, e falou da alegria que sentia ao ver o filho cursando a mesma faculdade na qual estudara no fim dos anos 1950. Desembainhando lentamente o símbolo de maioridade da família, Daniel abraçou os pais e me chamou para uma foto que revi recentemente.

A amizade continuou, e no verão do ano seguinte encontrei pela primeira vez Daniel de terno e gravata. O estágio, conseguido por seu pai, era num dos melhores escritórios da cidade. Timidamente, meu amigo começou a aparecer na faculdade pelas manhãs, a frequentar algumas aulas. Na hora do almoço, corria para casa, trocava de roupa e pegava o ônibus para a praça Osório, onde muitas vezes eu ia encontrá-lo às seis da tarde para uma cerveja. Ao fim, voltávamos andando juntos para casa. Já nessa época Juliana fazia seu próprio estágio, na mesma agência que a contrataria depois de formada, e era comum também que subíssemos a rua XV para apanhá-la na saída do expediente. O interesse de Daniel pela prática jurídica, se existiu, não durou mais do que algumas semanas. Ao frequentar a faculdade pelas manhãs, sua atenção passou a ser cada vez mais atraída para outra direção.

Já há alguns anos, o professor Marcos dos Anjos Raposo desfruta a aurora de uma bem-sucedida carreira, coberta de glórias e homenagens. À época, nós o conhecemos como um obscuro professor assistente de filosofia do direito, baixo, magro, de cabelos muito pretos, enormes óculos de aro retangular, chegado havia pouco ao Brasil após uma década de exílio na América do Sul e na Europa. Sua disciplina fora a única que Daniel acompanhara regularmente durante o primeiro ano, e por um bom tempo ouvi-o falar com entusiasmo do professor Raposo. Havia a questão de sua erudição, dos livros que havia publicado, ímãs para a atenção de meu amigo, mas essa não era toda a atração que o jovem professor exercia sobre o aluno.

— Não são só os livros que ele leu — dizia Daniel. — O Raposo é a única pessoa que conheço que sabe o que quer da vida.

Ao contrário da maioria dos professores, Raposo dava-se bem com os alunos e costumava frequentar suas festas e confraternizações. Foi numa dessas que o conheci, bebendo com um pequeno grupo de estudantes no bar Pasquale, no centro do Passeio Público. O encontro era, na realidade, uma reunião informal dos participantes de dois grupos de estudos criados pelo professor. Sem apoio da direção da faculdade, viam-se em seu escritório e, ocasionalmente, em bares como aquele. Algumas horas em sua companhia foram suficientes para que eu pudesse entender melhor a atração que M.A. Raposo (como assinava seus livros) exercia sobre Daniel. De aspecto bondoso, claramente inteligente, o que chamava a atenção nele era uma serenidade que se projetava a seu redor como uma aura. Naqueles tempos de glória da teologia da libertação, certos esquerdistas de origem religiosa ostentavam um ar de beatitude boboca identificável a quilômetros de distância. Tendo convivido de perto com muitas dessas figuras em meu antigo colégio de franciscanos comunistas, posso atestar que o professor

Raposo vinha de outra cepa — ateu convicto, marxista, seu prazer era cutucar a Igreja sempre que podia. Ainda assim, havia em seus modos algo de quem havia deixado um pouco da fragilidade humana para trás, algo para o qual não encontro outro nome além de *sabedoria*. "Não um erudito, mas sim um sábio", seria como Daniel o definiria anos mais tarde.

No bar, entre as árvores do Passeio Público, vi o professor dirigir-se a todos num tom familiar e sincero, contando histórias do exílio e falando de personalidades da vida política brasileira que conheceu naqueles anos. Percebi também que ele era um bom ouvinte e notei o sorriso carinhoso com que acompanhava o entusiasmo vulcânico de Daniel. A maioria dos jovens era primeiranista, e meu amigo se destacava como o veterano da turma, coordenando um grupo dedicado à obra de Antonio Gramsci. Como em todas as outras ocasiões em que o encontrei, naquele fim de tarde o professor pouco falou de direito ou de teorias filosóficas. Quem falava era Daniel, enquanto ele apenas sorria sem interferir. Ao fim, queixou--se por não conseguir acompanhar o nível da discussão e perguntou com um sorriso bonachão se alguém ali gostava de Cortázar.

* * *

Em pouco tempo, Daniel tornou a desaparecer da faculdade, onde só pisava nos fins de tarde para visitar a biblioteca. Logo, começou a se queixar do estágio, a princípio com ironia, em seguida com amargura. Em poucos meses, na Boca Maldita, eu o via sair do Edifício Wawel com o rosto desfigurado pela tristeza.

— Eu nem te conto o que é aquele mundo lá em cima. Me diga, Roberto, o que vai ser de mim se eu ficar aqui para sempre? No que vou me transformar?

Eu respondia banalidades, falava do gordo salário no fim do mês, dos livros que ele encomendava da Europa.

Daniel não me ouvia.

— E o pior é que meu pai está explodindo de orgulho. Ele chega a parar as pessoas na rua para contar que sou advogado.

Daniel fugia da faculdade e do escritório e se instalava no mundo do professor Raposo. Percebendo que os outros alunos jamais acompanhariam seu ritmo, meu amigo fez-se também monitor da disciplina de filosofia do direito, assumiu a revisão do último livro do professor e começou a transformar os resultados do grupo de estudos numa monografia sobre Gramsci. Sua única queixa, precisamente, era que o professor se interessava menos por autores, teorias e ideias do que seria de se esperar.

— Fico puxando assunto, pergunto de Hegel, mas a conversa não avança muito por aí. Para falar a verdade, o professor não tem muita curiosidade intelectual. Ele só fala em agir, preparar o terreno para o fim da ditadura. Quer criar grupos de apoio jurídico a indígenas e camponeses, essas coisas.

Naquela época, a Biblioteca Pública havia se tornado seu novo abrigo das manhãs. Mais de uma vez encontrei-o num cantinho do segundo andar, sozinho numa mesa para seis ou oito pessoas, com enormes torres de livros ao seu redor. Hoje entendo melhor aquela solidão, mas, mesmo naquele tempo, era impossível não perceber o abismo entre o garoto e o mundo que o cercava. Quando ele se detinha cheio de entusiasmo para chamar a minha atenção para trechos de Hegel e Gide, traduzindo-os do original à medida que os lia em voz alta, muitas vezes eu me perguntava com quem Daniel estava realmente falando.

Em meio a suas leituras filosóficas — dominantes, naturalmente, naquele período — e literárias, um interesse pouco comum corria como um rio subterrâneo nos estudos de meu amigo. Falo de sua curiosidade insaciável por temas religiosos, uma curiosidade que aflorava nas conversas mais insuspeitas e nunca deixava de espantar seus interlocutores. Muitas vezes me peguei tentando rastrear a origem de um interesse tão raro. Ele não vinha de seu meio familiar, isso era certo. O pai de Daniel fora criado numa família intensamente católica, de missas semanais e calças compridas proibidas para moças. Mas, descontado o hábito de rezar antes das refeições, nada daquilo havia deixado marcas no dr. Joaquim Hauptmann. Sua mãe vivia num catolicismo um pouco mais vivo, porém tênue e supersticioso. Exceto de maneira distante e exterior, a religião não tinha importância em suas vidas, e não acredito que algum deles tenha pensado um minuto sequer em seu destino após a morte. Como eu, Daniel fora educado num colégio de padres — maristas, no seu caso —, mas o ambiente de tais escolas não era exatamente propício a conduzir as pessoas à fé — o oposto era mais frequente. Por último, havia sua avó materna, kardecista animada de um fervor de velhos crentes, frequentadora perpétua de centros espíritas, médicos espirituais e sessões de passe e descarrego. Sei que na infância a convicção da avó, o exotismo dos meios em que ela circulava e a realidade desconcertante de certos fenômenos que presenciou impactaram o menino Daniel. Mas a desilusão rapidamente se impôs, e, contou-me ele, já na adolescência o espiritismo lhe parecia uma "sopa rala". Fiel a seu modo de ser, Daniel queria saber tudo, abarcar tudo, ler tudo: religiões do oriente, ocultismo, mistérios antigos, teurgia, teologia dogmática, heresias cristãs dos primeiros séculos, angelologia, escolas sunitas de jurisprudência — nada escapava de sua voracidade de conhecer. Lembro-me do tempo em que, não sei como, ele conseguiu acesso à biblioteca de um seminário ou uma faculdade de teologia católica ao lado de uma igreja na avenida Getúlio Vargas. Sua rotina era passar por lá às sextas-feiras, pegar emprestada uma pilha de livros e devolvê-los na segunda pela manhã. Alheios às preocupações religiosas de meu amigo, do outro lado da rua, nos fundos da praça Ouvidor Pardinho, travestis faziam ponto e se exibiam para os carros nas noites de fim de semana. Um dia Daniel me contou que, ao sair da biblioteca um pouco mais tarde, já escuro, foi abordado por um deles e, assustado, repeliu a aproximação com golpes de um pesado tratado francês de teologia mística.

Se a explicação de seu interesse pelo religioso não pode ser atribuída a fatores externos, a lógica mais elementar sugeriria uma afinidade natural. Essa é minha opinião, mas deixo tal investigação aos próximos biógrafos de Daniel, os quais contarão com a facilidade de trabalhar sobre meus arquivos, sem serem assombrados por meus pesadelos. Seja como for, na sociedade em que se movia, tais interesses esbarravam em incompreensão e desdém. Ao próprio professor Raposo as leituras de Daniel pareciam uma perda de tempo, uma distração de sua verdadeira missão. Tamanha incompreensão, aliás, ajuda a dimensionar o real poder de atração do tema sobre seu espírito, pois ao longo dos tempos nunca houve pressão contrária capaz de impedir meu amigo de aprofundar seus estudos. Como em outros campos que o apaixonavam — a filosofia, a literatura —, é difícil saber até onde essa inclinação o teria levado caso tivesse sido polida, canalizada, educada. Flutuando no vazio, respondendo apenas à curiosidade sem guias, ela foi sua perdição.

Assim, solitário entre bibliotecas fantasmagóricas, Daniel passou muitos meses em suspenso. Até uma manhã em que, saindo da aula, eu o avistei ao longe, sentado na cantina da faculdade com Juliana. Nenhum dos dois deveria estar ali naquele horário, e a simples imagem de suas silhuetas contra a luz foi suficiente para me mostrar que algo não estava bem. Ao me aproximar, ouvi uma voz dura e vi os olhos de Daniel flamejando de raiva enquanto Juliana mirava-o assustada. Sem ser notado, fiz meia-volta e retornei para o prédio de comunicação, incapaz de interromper a cena. Horas depois, encontrei-os novamente, despedindo-se na Santos Andrade. O contorno esguio de Juliana desapareceu pela rua XV acima e Daniel permaneceu parado, imóvel, nas escadarias de pedra. Dando-me conta do horário, perguntei:

— Você não vai para o escritório?

— Hoje, não.

Sentados num bar ao lado do Teatro Guaíra, ele me contou que não suportava mais o escritório. O trabalho era desestimulante; o ambiente, repugnante. Cada minuto passado na companhia daquelas pessoas lhe custava imensas energias. Estar ali lhe drenava as forças a ponto de incapacitá-lo para abrir um livro no fim da tarde. Já não se tratava de saber se passaria a vida fazendo aquilo, mas, sim, de quantos dias aguentaria antes de enlouquecer. A força expressiva de Daniel tornava a história ainda mais triste. Exageradas ou não, suas palavras descreviam um panorama vulgar, amoral e deprimente. Ao longo dos anos, presenciei muitos ataques verbais como aquele, sem limites, sem medida. Vi também

166

uma longa fila de feridos, deixados para trás sem remorso, de maneira quase inconsciente. Suas palavras machucavam como uma arma. Hoje sei que ele brandia essa arma convicto de que algo em si corria perigo mortal, o que provavelmente era verdade. A luta era desigual; o inimigo, mais forte; cada golpe devia arrancar sangue.

Entre uma cerveja e outra, Daniel me contou a decisão que havia tomado. O trabalho com o professor Raposo havia lhe mostrado o caminho. Faria mestrado, doutorado, daria aulas, escreveria livros. Amava os livros, pois então viveria entre eles. É verdade que suas paixões estavam em outras disciplinas, mas era preciso pagar o aluguel. E filosofia do direito não estava mal, a julgar pelo professor: homem brilhante, feliz, realizado, humano. O caminho a ser seguido era claro: deixaria o escritório de imediato e dedicaria todas as energias aos estudos. Daniel falava exatamente assim, recitando um texto decorado, tentando me convencer como havia convencido a si mesmo.

— Está muito bem — falei. — Parece um bom caminho. Quando você vai contar para o teu pai?

— Já contei.

— E então?

— Ele teve um surto psicótico. Ficou vermelho, gritava. Me chamou de louco, previu minha miséria. Perguntou se eu tinha ideia de quanto custava a vida, se sabia quanto ganhava um professor de filosofia. Minha mãe começou a chorar.

A cena havia acontecido alguns dias antes. Na noite anterior, o dr. Joaquim voltara à carga, mais calmo.

— Ele disse que não tinha nada de errado em ser professor. O problema era essa ideia maluca de largar o escritório. Ora essa... Todos os professores de direito trabalhavam também em sua banca, meu pai diz "banca". Imagine só viver de dar aulas, onde já se viu?

— E aí?

— No começo eu fiquei firme, mas aí foi a vez da minha mãe ter um ataque histérico, dizendo que a culpa toda era dos livros, que ela já tinha avisado várias vezes que eu lia demais, que isso não podia ser bom.

Atônito, eu tentava imaginar a cena.

— Dos livros?

— É, dos livros.

Notando minha confusão, ele disse:

— Ah, meu amigo, você não sabe da missa a metade.

Tive de confessar que a ideia de "ler demais" me soava quase fantástica. Daniel deixou cair os ombros num gesto de tristeza.

— Vou te contar uma história. Eu aprendi a ler com 5 anos, e, claro, lia tudo que me caía nas mãos. Na minha casa, os únicos livros que existiam eram os manuais de direito da faculdade do meu pai. Até eles eu li. Aos 8, 9 anos, eu era obrigado a pedir livros de Natal e de aniversário, porque não tinha como conseguir de outro jeito. Por influência do meu pai e do meu irmão, com uns 11, 12 anos, comecei a jogar futsal e deixei as leituras um pouco de lado. Eu era bom, mas nada excepcional. Com 14 quebrei o tornozelo, foi uma fratura feia, e tive que passar um tempão em casa. Aí os livros voltaram — disse Daniel, sorrindo. — No começo, meus pais ficaram com pena de mim e me levaram do hospital direto para a Livraria Ghignone.

Meu amigo fez uma pausa, tomou um gole de cerveja e tentou sorrir. Uma sombra desceu sobre seu rosto.

— Foram meses de molho. Meu pai trabalhava e minha mãe passava o tempo me espiando, rondando onde quer que eu estivesse, desconfiada de me ver com o pé para cima e o nariz afundado num livro durante horas e horas. Quando melhorei de vez e não voltei para o treino, a coitada não aguentou. Mais tarde, eu soube que ela foi até a firma do tio Edu e praticamente implorou para ele ter uma conversa séria comigo, de homem para homem.

— Aquele da empresa de mudanças?

— É, o irmão mais velho da minha mãe, o dono da transportadora. Uma bela tarde, eu estava na cama, logo depois do almoço. Meu tio bateu de leve, entrou e fechou a porta, dizendo que precisava falar comigo. Você precisava ter visto. O tio Edu me encarava, sério, com aquele bigodão ameaçador. Ele não sabia por onde começar, ficou um clima estranho, parecia que ele ia perguntar se eu era veado. Acho que ele deve ter ensaiado em casa. "Daniel, Daniel... Tua mãe está preocupada com você, guri." Ele correu os olhos pelas muletas ainda do lado da cama, passou pela parede e parou na estante. Vendo as prateleiras cobertas de livros, meu tio ficou vermelho, irritado: "O dia todo trancado neste quarto, assim, deste jeito! O que você quer da vida, meu filho? Olhe para mim! Quero te fazer uma pergunta."

Daniel fez uma pausa dramática.

— O que você acha que ele me perguntou?

— Sei lá! O quê?

— "Por acaso você quer ser um desses merdas que lê?"

Anoitecia quando deixamos o bar. Bêbados, decidimos passar pela Livraria do Chain a caminho do Alto da XV e da agência de Juliana. Atravessando o pátio da reitoria, vi, do outro lado da rua, um homem de cabelos longos e chinelo de couro. Ainda gritei "Daniel, olha o Leminski ali". Mas, com passos de gigante, meu amigo havia se distanciado e já entrava na livraria.

No dia seguinte, ele voltou ao estágio. Por mais de um ano, Daniel ainda continuaria a se dividir entre as bibliotecas de Curitiba e o escritório no Edifício Wawel. Seus pais estavam convencidos de que se tratava de uma crise passageira, caprichos de um jovem que nunca havia trabalhado. Na casa dos Hauptmann, a estratégia era dar tempo ao tempo, deixar o escritório absorver lentamente o filho. Logo, a família e os filhos fariam o resto. O vislumbre dessa expectativa desesperava e enfurecia Daniel. A confiança despreocupada do garoto com os dentes avermelhados pelo vinho havia desaparecido, substituída por fundas olheiras. Ele desejava que a faculdade acabasse, queria ir para São Paulo estudar, afastar-se de Curitiba. Mas restavam ainda três anos de curso, e antes era necessário livrar-se do escritório que o consumia.

— Tenho que sair daqui! Tenho que ir embora, Roberto — dizia, com os olhos carregados de desespero. — O que eu preciso é de dinheiro. Minha família respeita o dinheiro; Curitiba só deixa em paz quem tem dinheiro.

Até aquele momento, sua maior habilidade, a única em que era definitivamente superior, consistia em ler e compreender mais do que qualquer um, habilidade difícil de ser reconhecida e ainda mais difícil de ser vendida. Restava o alemão. A tentativa de dar aulas particulares havia lhe rendido uma namorada e pouco mais, mas o Goethe-Institut era uma instituição curitibana, e os inúmeros imigrantes de segunda e terceira geração buscando a língua do Opa e da Oma precisavam de professores. No Goethe, porém, as *fraus* o declararam "muito novinho" e recomendaram que voltasse em alguns anos, a despeito de seus protestos num alemão impecável. Com o choque, a agitação nervosa inicial cedeu lugar à apatia. O estágio, os grupos de estudos, o trabalho com o professor, suas longas caminhadas eram eventos no segundo plano de uma espessa tristeza. Magro, com o olhar opaco e os gestos lentos, seu estado preocupava a todos que o conheciam. Na faculdade, Juliana sofria pelo namorado. Dezembro se aproximava, e ela temia passar as férias em Maringá. Para acalmá-la, Daniel prometeu que também tiraria férias do escritório para descansar na praia.

Foi um longo verão. Juliana e o professor Raposo viajaram antes do Natal; eu acompanhei meus pais ao litoral pouco depois do ano-novo. Em Curitiba, o calor era uma visita indesejada. Antes do fim das aulas, Daniel havia acertado com o professor que aproveitaria as férias para transformar em livro os artigos e as apresentações preparados para o grupo de estudos. A ideia era publicá-lo como uma introdução a Gramsci para estudantes de direito. Quando nos encontramos em fevereiro, Daniel me relatou como fora seu verão. Todos os dias, ao voltar do escritório, por volta das sete da noite, sentava-se para escrever. Em uma hora ou duas, tinha no máximo alguns parágrafos cheios de erros de datilografia, até que se levantava, irritado, para sair e andar pela cidade. Em geral, a última luminosidade ainda permanecia no horizonte enquanto o asfalto irradiava calor sobre as calçadas desertas. Sem destino, às vezes passava pelo centro, comia algo na praça Osório e depois seguia para o Portão. Em outros dias, ia até o parque da Barreirinha, onde se sentava debaixo de uma árvore e tentava se concentrar para ler. Me disse que caminhava até a exaustão, tentando forçar o corpo a dormir à noite. Ouvindo a narrativa de suas andanças a esmo, reparei no rosto magro e queimado de sol. Sua voz soava oca, e creio que foi a primeira vez que não me falou do que estava lendo.

Pouco antes do Carnaval, Daniel desmoronou. Seus pais haviam voltado a atormentá-lo, buscando desde aquele momento clientes para o futuro advogado. Um tio aparecera com a usucapião de um terreno em Quatro Barras; outro, com um acidente de automóvel. No trabalho, a expectativa era a de que o jovem se juntasse ao escritório depois de formado. Havia tempos eu aconselhava meu amigo a recorrer ao professor Raposo pedindo ajuda. Mesmo que nada de concreto saísse da conversa, ele era um amigo. Mal não faria. Certa manhã, por coincidência, andávamos pelos corredores da universidade quando topamos com o professor saindo do elevador. Com seu sorriso bondoso e o rosto tostado de sol — lembrança do verão passado no Xingu —, ele nos cumprimentou com entusiasmo. Começamos a acompanhá-lo em direção à secretaria da faculdade quando Daniel não aguentou mais e começou a falar. Ali mesmo, pelos corredores e pelas escadas, contava sua história em arranques e paradas, enfatizando seu desespero. Notei o semblante do professor Raposo se tornando mais grave, as sobrancelhas franzidas por trás dos óculos enormes. Mais de uma vez, começou a dizer algo e se deteve. Por fim, com um gesto simpático, dirigiu-nos para as escadas que levavam à rua.

— Venham comigo — disse. — Vamos ali na esquina comer um pastel.

Atravessamos a Alfredo Bufrem e nos instalamos em três altos bancos diante de um balcão sujo, entre uma casa lotérica e um estacionamento. O professor Raposo pediu pastéis e Wimis para todos e começou a falar sem pressa, como se estivesse contando uma história para seu filho pequeno na hora de dormir.

— Deus provê, Daniel. Os cristãos não acreditam no que dizem, mas é a pura verdade.

Uma faísca brilhava nos olhos negros do comunista, materialista dialético, capaz de recitar "A Internacional" em três idiomas. Ao mesmo tempo, havia uma estranha serenidade em sua postura. Não havia dúvida de sua sinceridade; ele acreditava no que dizia.

— Você precisa estar fazendo a coisa certa, e então Deus provê.

Esforçando-se para sorrir, Daniel gesticulou nervosamente.

— Com todo o respeito, professor, para o senhor é simples. A coisa certa é o que o senhor já está fazendo. Mas não vejo saída. Quando o senhor tinha minha idade, o mundo era mais claro. Podia não ser mais fácil, mas com certeza era mais claro.

Mastigando devagar, entre bocadas de pastel e goles de Wimi, o professor se demorou observando Daniel com um olhar de bondade infinita.

— Quando eu tinha tua idade...

A pastelaria foi tomada por um silêncio estranho, irreal. Tive a impressão de que até a fritura deixou de chiar para escutá-lo.

— Eu saí do Brasil de ônibus, à noite, um dia antes da minha formatura. Meu nome já estava numa lista de procurados da polícia e, a cada parada, meu coração batia com tanta fúria que pensei que os outros passageiros acabariam percebendo e me entregando. Fugimos Ana e eu. O ônibus ia até Foz do Iguaçu e no dia seguinte estávamos no Uruguai.

Naquela manhã, o professor nos falou sobre experiências que éramos jovens demais para compreender. Os personagens e o tempo da narrativa eram os de um grande romance Lentamente, num tom jovial que mascarava a seriedade do que dizia, contou-nos as dificuldades dos primeiros tempos no exterior, o isolamento, o medo e, sobretudo, a pobreza. Em 1970, Montevidéu era uma cidade empobrecida e culta — a circulação de seu principal jornal era três ou quatro vezes maior do que a do *Estado de S. Paulo* —, e os sinais da agitação que culminaria num golpe de Estado poucos anos depois eram já visíveis pelas ruas. Em meio a tudo isso, ele, a mulher e alguns outros conhecidos não conseguiam encontrar espaço ou ocupação. Abatido, sem esperanças e cansado do pequeno mundo claustrofóbico e paranoico dos exilados brasileiros, o professor resolveu buscar trabalho por conta própria. Pegou algumas ferramentas emprestadas com um colega e, exercitando suas habilidades de carpintaria, construiu uma caixa de engraxate. Para pagar o empréstimo, fez outra para o amigo, e, num sábado ensolarado, foram os dois para a Plaza de la Constitución tentar ganhar a vida como *lustrabotas* no inverno uruguaio.

— O combinado era sorrir e mostrar confiança. Ninguém precisava saber que não éramos engraxates e que estávamos na merda — disse, muito sério.

Foi um longo dia, frio e sem fregueses. No fim da tarde, os dois garotos mantinham com esforço a disposição de parecerem despreocupados quando viram um senhor muito magro, de pulôver de lã e boina, abrir caminho em sua direção. Depois de horas observando-os a distância, o engraxate mais velho do lado oeste da praça finalmente viera falar com eles.

— O sujeito estava desconfiado; não tínhamos cara de *lustrabotas*. Garantimos que engraxávamos sapatos desde criancinha e que estávamos ali para trabalhar. Algum problema, meu senhor?

O homem de rosto vincado, barba branca sobre pele bronzeada, mirou-os de cima a baixo em silêncio. Um dos garotos notou uma cicatriz ao lado de seu olho esquerdo, um risco branco entrando no couro cabeludo como uma pequena cobra. Depois de dizer *"adiós"*, retornou a seu posto entre os concorrentes do outro lado. Uma semana se passou, igual em tudo ao primeiro dia. O ralo sol meridional, o vento que lhes ressecava os lábios e a falta absoluta de uruguaios dispostos a lustrar seus sapatos com os brasileiros, tudo os esgotava e desesperava. No sábado seguinte, o mesmo homem saiu de seu lugar entre os engraxates do outro lado da praça e voltou a caminhar até eles. Desta vez seu tom era familiar, quase amigável:

— Falem a verdade, vocês não são engraxates. O que estão fazendo aqui?

No fim das forças, os dois garotos lançaram um olhar desafiador ao velho. Cansados e acuados, jogaram contra ele o único motivo de orgulho que tinham naquela situação.

— Nós somos membros do Partido Operário Brasileiro Revolucionário. Estamos exilados no Uruguai por lutar contra a ditadura militar fascista de nosso país — respondeu o jovem Marco dos Anjos.

O homem de barba branca coçou a cabeça, sorriu e estendeu-lhes a mão.

— *Que no eran lustrabotas, ya lo sabíamos, pero lo raro es que tampoco tenían pinta de policías.*

Naquela tarde, eles foram acolhidos pelos Tupamaros, que lhes deram trabalho, documentos e abrigo até sua partida do Uruguai.

— A Ana deu aulas de português, e eu trabalhei numa gráfica, imprimindo jornais durante o dia e documentos falsos durante a noite até nossa ida para o Chile.

— Eu não acredito que o engraxate era Tupamaro!

— Deus provê, era o que eu estava dizendo.

Nunca me esqueci do sorriso do professor, o mais amigável que vi até hoje.

— Se você está trabalhando pelos pobres, lutando, algo sempre acontece. Mas é preciso fazer a coisa certa, combater o bom combate. Não se preocupe tanto com estudar, com esses autores complicados. A Alemanha já ensinou tudo o que podia ao mundo. Agora a sabedoria está na América Latina, nas comunidades de base, nos índios, nas selvas.

A meu lado, vi a expressão pálida, estupefata, de Daniel.

— Ajude o povo, e Deus provê — continuou o professor. — Vou te dizer uma coisa: a ditadura está caindo de podre e logo vai haver muito espaço para agir. O que vamos precisar é de gente como você.

Na semana seguinte, teve início a primeira grande greve das universidades federais de que me recordo. O curso de comunicação social foi um dos primeiros a aderir, e logo Juliana e eu ficamos sem aulas. Como aconteceria muitas vezes no futuro, a faculdade de direito continuou trabalhando, alheia à paralisação. Seu excepcionalismo os enchia de orgulho e irritava os demais. Aproveitando-se da ignorância de seus pais sobre esse excepcionalismo, Daniel deixou de ir às bibliotecas pela manhã e passou a ficar em casa dormindo, o que nunca fazia. Para ele, dormir durante o dia era um dos maiores pecados que se podia cometer, a perda suprema de tempo vital.

Assim, quando passei por sua casa duas vezes pela manhã e me disseram que ele ainda dormia, percebi naquele sono um sinal funesto. Juliana atribuía a mudança ao cansaço, mas eu sabia que isso era impossível. Nos fins de tarde, eu o encontrava cabisbaixo e inquieto, opaco e sem luz. A conversa com o professor Raposo tivera um impacto terrível sobre Daniel, e durante semanas ele se moveu com dificuldade perdido em águas densas e escuras.

— Eu adoro o professor, ele é um homem bom como nunca conheci outro. Mas não sou comunista, não quero fazer a revolução. Não é esse o meu caminho, não tenho nada a ver com isso. Se Deus só ajudar quem estiver tentando fazer a revolução, eu estou fodido.

A greve durou pouco mais de um mês, mas, quando as atividades da universidade recomeçaram, Daniel permaneceu em casa. Tendo lido no jornal sobre a volta às aulas, um dia dona Isabel entrou no quarto escuro do filho e perguntou, áspera, se ele não iria à faculdade:

— Não, nunca mais — respondeu a voz totalmente acordada por entre os lençóis.

Capítulo X

FIM DE TARDE, ao lado da praça Oswaldo Cruz. O velho Golf era o único táxi no ponto àquela hora.

— Toca para o Alto da XV, amigo.

— Tem o endereço?

— Até tenho, mas pode me deixar na Itupava mesmo, o senhor sabe onde é? Desço na frente daquele curtume que tem ali.

O motorista olhou o rosto do passageiro pelo retrovisor e não respondeu. No lugar indicado, o muro alto do curtume dera lugar a uma cerca de estacas de metal pintadas num laranja vivo. Detrás dela, um enorme colégio. A rua também estava diferente, mais limpa e movimentada. Muitos bares, todos cheios. O valor no taxímetro foi pago a mais e a porta do táxi, fechada com cuidado. Em seguida, uma buzinada e a janela se abrindo.

— Você esqueceu a mochila.

No caminho, carros por toda parte, estacionados em ruas que vinte anos antes eram quase desertas. A fachada da agência permanecia a mesma, exceto pela pintura e pela hera que subia pelas paredes num efeito bonito, conferindo à casa uma aparência de sofisticação e cuidado.

Com o dedo no interfone — "antes era uma campainha suja", pensou —, ele estava nervoso, apreensivo com a recepção que teria. O telefone não contava, o susto amortece a reação das pessoas pegas de surpresa. A prova dos nove aconteceria ao vivo, e ele tinha certeza de que só havia duas possibilidades extremas, sem nada no meio: frieza ou um abraço apertado, retomando a conversa exatamente no ponto em que ela havia sido interrompida em 1993. Ao entrar na sala e enxergar o rosto rígido de Juliana, Roberto entendeu que seria a primeira.

No escritório grande, com janela para o pátio interno da casa, a conversa foi rápida, lembranças de quem havia passado por ali, novidades sobre os velhos conhecidos. Juliana levantou-se e se ofereceu para levá-lo aos dois ou três que continuavam na agência. Na volta, despediu-se do chefe, pegou a bolsa em cima da mesa e saiu com Roberto. Eram seis e quinze de uma sexta-feira, dia 18 de janeiro. O sol estava alto no céu e fazia calor.

Andando lado a lado, os dois voltaram pelo caminho que ele fizera meia hora antes.

— Quando você me ligou, eu quase morri de susto — disse ela, enquanto passavam diante de uma padaria. — Eu nem sabia que você estava aqui em Curitiba.

— Cheguei faz quase um ano, mas não saí muito de casa. É a primeira vez que venho para este lado da cidade, aliás.

— Mudou muito por aqui.

— Muito. Fiquei triste com o curtume.

— Esse colégio está aí há mais de dez anos.

— Os sebos, na cidade toda nossos sebos preferidos fecharam.

Ignorando o comentário, Juliana perguntou, apontando para uma casinha de madeira ao lado da pista de skate:

— Aqui está bom para você? Este lugar é novo, é minha primeira vez.

— Para mim tanto faz, não conheço nada mesmo...

Ele pediu um café e ela, uma cerveja. Com os primeiros goles, veio o silêncio e a oportunidade de avaliar o outro que até então lhes havia faltado. Ela notou que Roberto segurava a xícara com esforço e viu as cicatrizes avermelhadas correndo pelas costas de sua mão. Ele aceitou com naturalidade a permanência da beleza dela, as marcas de envelhecimento muito menores que as suas. No entanto, as pequenas rugas ao redor dos olhos e dos lábios davam a Juliana um ar duro, que ele não conhecera antes. O cabelo curto, de um negro intenso e corte perfeito, indicava cuidado e dinheiro, como, aliás, tudo o que vestia. Em poucos minutos ela havia bebido metade do copo. Não era preciso ser um gênio para perceber que Juliana preferia ser breve.

— Se você está aqui há um ano, por que só me procurou agora? Aliás, desculpe a franqueza, mas por que você me procurou?

— Eu queria conversar, te contar umas coisas, mostrar outras.

Ela sorriu sem alegria.

— Eu também quis conversar. Vinte anos atrás, eu precisei conversar. E você não atendia quando eu ligava, mandava dizer que não estava. Vocês dois desapareceram, foram embora e me deixaram. Pelo telefone, Roberto. Ele terminou comigo pelo telefone. Eu fiquei para trás, entreguei o apartamento, pedi demissão da agência, e ele terminou o noivado numa ligação de dez minutos. Agora você quer conversar. Não, não. Sinto muito, mas a gente não tem o que conversar.

Sua voz era calma, controlada. Com os olhos, ela procurou o garçom.

— Eu estava na sala ao lado e ouvi tudo. Foi horrível. Na hora, eu me senti muito mal. Sobre não atender a teus telefonemas, a única coisa que posso te dizer é a verdade. Muitas coisas estavam acontecendo, não era possível dar atenção a tudo. Desculpe.

Ela terminou a cerveja num gole. Notou um gosto amargo na boca, o ruído dos copos doía-lhe nos ouvidos. Ao fundo, Roberto dizia:

— Quando abri os olhos na UTI a primeira pessoa em quem pensei foi você. Só então eu entendi o que havia acontecido, o que eu havia feito. Nesse ano, não houve um dia em que não tenha me lembrado de você. Desculpe.

Erguendo a mão e pedindo a conta, ela respondeu:

— Bem, você claramente já disse o que tinha para dizer. Obrigada pela sinceridade.

— Eu estou escrevendo um livro sobre o Daniel. Você vai estar nele, é claro. A gente precisa conversar.

Com os joelhos já flexionados no ato de se levantar, Juliana caiu de volta na cadeira. Despreparada e frágil, ela permaneceu com a bolsa pendurada num dos braços, a outra mão cobrindo os olhos num gesto de cansaço e proteção. Após observá-la em silêncio pelo que lhe pareceu um tempo enorme, ele fez menção de falar, mas foi interrompido:

— Não, não, não.

A respiração ofegante e a voz sufocada pareciam o prenúncio de um ataque de choro. Com um esforço imenso, após ele ter dispensado a conta e pedido mais café e cerveja, ela se recompôs. Endireitou as costas, pousou a bolsa sobre a outra cadeira da mesa. Quando falou, havia uma nota de ternura em sua voz.

— Eu sei o que aconteceu com você. Li nos jornais, as pessoas me contaram. Não pense que não entendo.

— Ju...

— Escute, eu sei o que estou dizendo. Esqueça tudo isso. Por favor, esqueça.

— Ju...

— Eu quase morri, Roberto. Depois daquele telefonema eu quase morri. Tive uma crise e passei mais de um mês em Maringá me recuperando. Tem uma foto minha dessa época — disse, retirando da bolsa um envelope — que meu pai tirou na nossa casa. Quando você me ligou me lembrei dela.

Colocando a foto sobre a mesa, ela tocou com delicadeza a cicatriz na mão do antigo amigo.

— Mas não importa. Pelo jeito, você quase morreu também. Esqueça, Roberto. Esqueça. Se este encontro servir só para eu te dizer isso, já é muito. Parece impossível, eu sei, mas confie em mim. Um dia, no meio da tarde, você vai se dar conta de que não pensa no assunto desde a hora em que acordou. Não escreva livro nenhum, esqueça. É o único jeito de não enlouquecer.

Roberto tomava seu café. Juliana não conseguia parar.

— Levei tempo para entender que tinha que apagar completamente o Daniel da minha vida. No começo foi difícil, foi uma luta diária. Mas depois você vai esquecendo, as memórias vão ficando distantes, é uma bênção. E você vai escavar de propósito esse tipo de coisa? Não faça isso, por favor não faça isso. E tem mais: eu não te autorizo a usar meu nome para nada, em lugar nenhum! Não conte comigo!

— Posso falar?

Capítulo XI

*It does not much matter what you call it,
so long as you keep out of its way.*

— JAMES TURNBULL, EM
THE BALL AND THE CROSS,
DE G.K. CHESTERTON

O ANO DE 1988 foi ruim. Pouco antes do Carnaval, quatro prostitutas montaram uma cooperativa e alugaram o conjunto comercial ao lado do nosso no Edifício Asa. As paredes sólidas do prédio antigo bloqueavam a maior parte do som, mas pelas janelas abertas recebíamos um espectro de ruídos que nos distraía e divertia em partes desiguais. Certos gritos, confesso, eram divertidos; a música de Nelson Ned, começando sempre na hora do almoço, logo que elas chegavam ao trabalho, nem tanto. Mais ou menos na mesma época, a mãe de Daniel começou a nos visitar na firma, onde era sempre recebida na única cadeira livre que tínhamos. Com uma xícara de chá nas mãos, ela implorava para que o filho voltasse para a faculdade e não matasse o pai de desgosto. Eram longas sessões de apelos, quase sempre terminadas num choro sem som, que ia afinando a voz da pobre senhora até impedi-la completamente de falar, momento em que ela se levantava cobrindo os olhos inchados, despedia-se e saía com passos rápidos para voltar na semana seguinte.

Quanto ao professor Raposo, nós o acompanhávamos pelos jornais e pelas notícias de alguns antigos colegas de faculdade encontrados em bares e na Boca Maldita. De longe, meu amigo viu seu antigo mestre cumprindo meticulosamente o programa traçado para ele alguns anos antes, assessorando quilombolas e indígenas na Constituinte, fundando ONGs e escrevendo livros. Assistimos juntos a uma ou duas de suas entrevistas na TV. O rosto moreno do professor tinha já alguns vincos, mas o cabelo continuava negro retinto e o sorriso, como se possível, parecia ainda maior. Marcos dos Anjos Raposo. Até o fim da vida meu amigo falou dele com carinho e admiração. "Se meu caminho tivesse sido aquele, tudo seria mais fácil", dizia.

Enquanto isso, Daniel se deprimia. Fechado e introspectivo por natureza, era difícil distinguir qualquer alteração em seus — escassos, aliás — contatos com o mundo exterior. Eu, no entanto, que passava o dia com ele num escritório, traduzindo, conversando e olhando a cidade pela janela, assistia a uma angústia surda transformar-se em revolta, a revolta em impotência e a impotência em depressão. Daniel sabia como ninguém ferir com palavras, e era nesses momentos que explodia em irrupções de ódio cínico, corrosivo e impotente:

— E todo esse jogo mesquinho é sempre colocado de um modo como se ninguém tivesse escolha. É uma iniciação. Depois que você mesmo foi castrado, apequenado e recalcado, é obrigatório passar isso adiante, para os filhos, a família e os amigos. Que culpa eu tenho se meu pai queria ser piloto de corrida? Ele deveria ter fugido de casa em vez de se formar em direito e assumir aquele cargo na Assembleia Legislativa que meu avô conseguiu para ele de favor!

Ao contrário de mim, Daniel nunca se preocupou com dinheiro. Os anos da firma, ele os passou num quarto e sala alugado ao lado da reitoria, dormindo num colchonete e tendo como únicos móveis uma mesa de fórmica e estantes sobrecarregadas de livros. A carreira de Juliana, pelo contrário, ia muito bem. Com alguns trabalhos premiados no currículo, ela recebera uma proposta de uma grande agência de São Paulo, com salário maior do que nossos ganhos semestrais.

— Venha comigo — dizia ela. — Você pode estudar na USP, escrever para algum jornal. Alguma coisa vai aparecer, Dani. Não é possível que não apareça. Você é tão inteligente...

Foi nessa época que Daniel começou a aparecer cada vez mais cedo na firma. Uma vez perguntei à senhora que limpava a portaria a que horas ela o via passar pela manhã.

— Ah, esse menino chega todo dia lá pelas seis, seis e quinze.

Não havia dúvidas. Mesmo que as houvesse, porém, as olheiras e o ar exausto entregariam o jogo sem dificuldades. Apesar de seu jeito taciturno, quando lhe perguntei, ele falou do assunto até com certa candura:

— É verdade, já faz tempo que não consigo dormir. Às vezes pego no sono, mas acordo uma hora depois, duas, no máximo. No começo, eu me lembrei da frase do Otto "Só não sou mais ignorante por causa das minhas insônias" e tentei ler. Mas o silêncio da noite me agonia. Aí decidi sair, andar.

— Não me diga que você vem direto para cá!

— Sim, quase sempre. A insônia torna a casa da gente ameaçadora, não gosto de ficar lá.

Trasnoitado e triste, ele continuou vivendo entre livros, e suas conversas eram mais brilhantes do que nunca. Nos bares ao redor do Teatro Guaíra, era comum Daniel assombrar os colegas de trabalho de Juliana usando sua memória prodigiosa para surpreender os presentes com os temas mais esotéricos de história, literatura e religião. Além disso, sua teimosia quase maníaca em ser do contra garantia que nenhuma conversa da qual participava fosse aborrecida. Havia também outros momentos luminosos, como quando, no fim do dia, ele se punha a comentar, encenar e debochar dos livros que estava traduzindo. Quantas vezes Juliana e eu imploramos para que aqueles monólogos estranhos e geniais se transformassem em textos, sempre sem sucesso.

Foi numa dessas ocasiões que tudo começou.

Era uma tarde sufocante, de temperatura fora do normal para aquela época do ano. O espocar da máquina de escrever parou e Daniel tirou o lápis da boca, colocando à mão alguma cedilha no texto datilografado.

— Terminei!

Vencido pelo calor, eu já desistira de trabalhar havia algum tempo. Esparramado num pufe junto à janela, meu único desejo era que Juliana chegasse de uma vez para que pudéssemos sair daquela salinha úmida e almoçar em qualquer lugar com um ventilador. No ar imóvel, partículas de pó flutuavam num raio de sol enquanto Daniel dava os últimos retoques à tradução que tínhamos de entregar no dia seguinte.

— Que coisa linda, que conto! Bob, você sabe o que falta na literatura brasileira?

Quando Daniel estava de bom humor, eu me transformava em Bob.

— Não, o quê?

— Respeito e temor pelo Capeta. Não se faz literatura sem respeito e temor pelo Capeta!

O barulho da porta da frente, bastante empenada, indicou a chegada de Juliana. Momentos depois, seu belo rosto surgiu no ambiente onde estávamos.

— Alô, meninos!

— Oi, Ju — respondi, para em seguida perguntar a Daniel: — E você, respeita e teme o Demônio?

Pousando a bolsa em cima da mesa, ela nos olhou espantada.

— Credo, que conversa é essa?

— Vamos sair deste forno e já te conto — respondi.

Instalados sob um ventilador de teto no Bar Stuart, expliquei que Daniel passara os últimos dias obcecado com os contos de Hawthorne que andava traduzindo.

— É o que eu quero saber — gesticulava ele, veemente. — Me diga qual é a grande obra brasileira sobre Satanás? Qual?

Incrédula, Juliana franziu as sobrancelhas e chupou lentamente o suco de morango pelo canudo transparente antes de responder:

— O *Grande sertão: veredas*, ué! Qual mais?

Daniel estacou, pego de surpresa. Num instante, porém, recompôs-se e voltou à carga.

— Hum... Eu teria que reler o *Grande sertão*. Mas, a princípio, acho que não serve. Aquela história do Riobaldo sair pela noite tentando fazer um pacto com o Capeta e voltar de mãos vazias é ruim. Essa cena tem um ar de ceticismo metido a besta, como se Guimarães Rosa fosse obrigado a dar uma piscadinha para o leitor mostrando que, claro, ele é muito superior a essas superstições grosseiras de invocação demoníaca.

Ao ouvir essas palavras, Juliana sorriu e encerrou a conversa.

— Você está sendo chato. O romance é uma obra-prima e fala do Demônio. Era o que você estava procurando, não? Releia o *Grande sertão* e depois fale comigo outra vez.

• • •

Nada mais certo para eletrizar Daniel do que um desafio como aquele. Em poucos dias, Riobaldo e Satanás penetraram em nosso escritório como uma fumaça que se insinua pelas frestas de portas e janelas até ocupar todo o ambiente. Terminada e entregue a tradução da coletânea de contos norte-americanos, entramos numa rotina de pouco trabalho, em que meu amigo afastou a máquina de escrever da mesa e passou as manhãs com a cabeça apoiada numa das mãos, lápis na outra, relendo o velho exemplar do *Grande sertão* que compramos juntos quando o centro acadêmico de direito decidiu vender parte de sua biblioteca. À tarde, ele saía pela cidade enquanto eu ficava trabalhando ou lendo em nosso escritório. Naturalmente um andarilho, Daniel perambulava por parques e bairros distantes "para pensar", em longas caminhadas. No fim do dia, Juliana chegava ao Edifício Asa com os olhos faiscando de curiosidade — Guimarães Rosa era seu escritor favorito — e instigava, provocava, tentava arrancar qualquer coisa do namorado sobre Zé Bebelo, os vaqueiros e o amor, em geral sem sucesso.

Aquela rotina durou pouco mais de uma semana, tempo em que Daniel foi ficando agitado, suas caminhadas mais longas. O dia em que terminou a leitura, o dia em que desapareceu foi a única vez que o vi sem palavras. Não mudo, mas incapaz de articular o que percebia. De olhos arregalados, sentado na escrivaninha olhando alternadamente para mim e para o livro, ele balbuciava frases soltas.

— Será possível isso? Será que ninguém...?

Tentei começar uma conversa, arrancar algo sobre o livro, perguntar quem tinha razão, Juliana ou ele, mas foi em vão. Agitado, ele se despediu e saiu "para pensar um pouco". Entre ir ao banco e resolver mil outras coisas práticas, mal vi o tempo passar. Juliana estava em Maringá e não havia celulares. Quando anoiteceu sem que ele voltasse ou avisasse onde estava, o que nunca havia acontecido, confesso que fui para casa cansado e um pouco curioso para saber o que Daniel afinal achara do livro, mas sem me preocupar com seu sumiço.

Na manhã do dia seguinte, quando ele não apareceu no Asa, soube que alguma coisa estava errada. No entanto, pensei comigo, eu não era pai de ninguém e Daniel já tinha vinte e tantos anos na cara. Como estávamos sem trabalho, não me sobravam nem mesmo preocupações legítimas de sócio a me servir de desculpa para ir atrás dele. O dia transcorreu lento, e à noite não aguentei mais de curiosidade. Ao sair da praça Osório fui direto para o apartamento de Daniel. A porta nunca ficava trancada. Como Juliana estava fora, entrei direto, sem bater, apenas chamando meu amigo pelo nome.

— No quarto — respondeu-me uma voz.

Encontrei Daniel deitado na cama, olhando para o teto. Sem pressa, ele se sentou, apoiou os cotovelos nos joelhos e disse:

— Cara, você não vai acreditar.

Puxei um banquinho da cozinha para o quarto e comecei a escutá-lo. Ele me contou que, ao sair do Edifício Asa na tarde anterior, sua ideia era ir andando até o parque Barigui, o que fazia com frequência. O *Grande sertão* estava dando voltas em sua cabeça; havia muito mais no livro do que ele lembrava, muito mais do que podia imaginar.

— Eu não conseguia parar de pensar — disse. — Nem vi como cheguei ao parque. Quando ergui a cabeça já estava lá. De repente, me peguei olhando a BR-277 quase deserta, só com alguns caminhões passando devagar. Eu nunca tinha reparado no movimento da estrada, mas acho que não era normal ela estar tão vazia.

Notei o suor se formando em seu rosto. O dia estava nublado e um pouco frio, mas no quarto fazia um estranho calor.

— Não sei o que me deu. Normalmente eu me sento embaixo de alguma árvore para ler, mas de repente senti uma necessidade louca de voltar a andar. Comecei a caminhar outra vez, em direção a Ponta Grossa. Parei de prestar atenção no mundo e fui andando, andando.

Daniel parou de falar para enxugar a testa.

— E aí, você sabe o que aconteceu?

— Não — respondi, curioso.

— Pois é, nem eu. Depois disso, não me lembro de nada. Quando dei por mim, estava no acostamento da estrada, no escuro. Eu não sabia nem para que lado voltar. Você sabe que eu não uso relógio, mas saí do parque com o sol ainda alto no céu. Faça as contas de quanto tempo andei sem perceber. Fiquei um tempão perdido na escuridão até que comecei a reparar nos caminhões que passavam. Calculei que eles deviam estar indo para Paranaguá, para o porto, e comecei a caminhar na mesma direção. Você não tem ideia de quanto andei na volta. Cheguei ao meu apartamento depois das três da manhã. Minhas pernas estavam doendo como se eu tivesse jogado futebol a tarde inteira.

— Caramba! E você não ficou com medo? — perguntei.

Confuso, ele respondeu:

— Você não vai acreditar, é bizarro, mas voltei para casa um pouco em transe também. Quando acordei no meio da estrada, eu só conseguia pensar no livro. No fim, andei do meio do nada até aqui sem outra coisa na cabeça além do *Grande sertão*.

— Que loucura! Você não está bem, né?

— Não, não! Não é nada disso! O mais incrível é o que aconteceu depois. Quando cheguei em casa, eu estava morto de cansaço, é óbvio. Foi a primeira noite em seis meses que consegui dormir. E, quando acordei, tive uma iluminação.

Os olhos de Daniel brilhavam ao reviver o que lhe havia acontecido poucas horas antes.

— É difícil explicar, mas, num segundo, no momento em que abri os olhos, entendi tudo. Entendi minha vida, entendi o livro e entendi o que aconteceu ontem.

— Como assim?

Com os lábios contraídos, meu amigo falou:

— Começando pela minha vida. O que quer que tenha acontecido comigo, eu não saí andando a esmo.

— Não?

— Claro que não! Eu estava tentando escapar, você não vê?

— Mas a pé? E para Ponta Grossa? — perguntei, um tanto incrédulo. — Aquilo é o fim do mundo, né? Se você for escapar assim, melhor ficar aqui.

Daniel balançava a cabeça, desapontado com minha falta de compreensão.

— Não, Roberto. Não! É o simbolismo da coisa, você não vê? A estrada, a travessia, a partida de um lugar e a chegada a outro. E o mais importante é que eu não consegui, fiquei no meio do caminho, entende? Eu estou preso aqui, definhando e morrendo nesta cidade. Inconscientemente, tentei sair e falhei. É aí que entra o livro.

— OK, me explique.

— O centro da história é a travessia do Liso do Sussuarão, agora eu vejo. Lembra disso?

— Vagamente. Faz tempo que li o *Grande sertão: veredas.*

Estávamos já na cozinha, comendo pão com manteiga. Daniel havia recuperado as forças e falava muito rápido, gesticulando, caminhando de um lado a outro. A partir daquele momento, tive de domar o cavalo bravio de sua ansiedade, pedindo explicações que preenchessem os espaços cada vez maiores entre os pensamentos velozes e a fala que não conseguia acompanhá-los. Agitado, com os olhos faiscantes, meu amigo repassava comigo o romance de Guimarães Rosa. *Grande sertão: veredas* abre com o jovem Riobaldo fazendo parte de um grupo de jagunços que busca se vingar do bando do Hermógenes, bandido terrível, reputado "pactário", que havia assassinado à traição Joca Ramiro, antigo líder do grupo e pai de Diadorim. Sob o comando de Medeiro Vaz — grande líder, "o rei dos Gerais" —, o grupo tenta flanquear o adversário, surpreendendo a família do Hermógenes desguarnecida na Bahia. Ocorre que, para chegar lá sem ser notado, era necessário atravessar o temível Liso do Sussuarão, uma região desértica e misteriosa que ninguém nunca havia cruzado.

— O Liso do Sussuarão é o coração do romance — dizia, agitado, Daniel. — Você não vê?

Já com o livro aberto nas mãos, ele passava furiosamente entre suas notas, suas marcações e seus sublinhados para ler trechos em voz alta e apontar passagens importantes.

— Da primeira vez, guiados por Medeiro Vaz, o bando é vencido pelo calor e desiste. Não sei se você se lembra, mas os jagunços enfrentam um calor opressivo, mortal. Os homens estão em combate contra o Liso do Sussuarão; estão em combate e são derrotados. Eles só conseguem chegar até o meio do caminho e desistem. Mais tarde, Riobaldo busca o

Demônio e, aparentemente, torna-se pactário também. Após o pacto, ele desafia o novo líder, Zé Bebelo, que se retira sem luta. Chefiados por Riobaldo, rebatizado de Urutu Branco, outra vez os jagunços se lançam para o Liso do Sussuarão. E então, o que acontece? Eles completam a travessia! — Daniel quase gritava. — Eles vencem o deserto misterioso, capturam a mulher e, no fim, matam o Hermógenes, pactário e traidor! É um negócio de gênio, isso! Repare como a travessia física é um espelho de outra viagem, interior e espiritual. Repare na homologia entre a alma e o mundo. Para atravessar o deserto, Riobaldo teve primeiro de completar a viagem em sua alma, afinal "o Liso do Sussuarão não concedia passagem a gente viva". A travessia, Roberto, ela é a chave de tudo! Existe uma interpretação psicologista, imanentista, que diz que nada aconteceu, que Riobaldo se viu confrontado apenas com seus medos e desejos, ou, pior, com sua imaginação. Mas a travessia é a prova do pacto. A pergunta que tem de ser respondida pelos negadores de Satanás é: como um jagunço ordinário foi capaz de triunfar onde os maiores guerreiros do sertão fracassaram?

Eu começava a entender aonde ele queria chegar. Para atiçá-lo, perguntei:

— Como?

— Levado pelo Diabo, é claro! Uma travessia como essa não se faz sem ajuda! Palas Atena ajudou Odisseu, o Demônio ajudou Riobaldo. Eu tentei partir sozinho e fiquei no meio do caminho.

Nesse momento, toda a agitação havia desaparecido de Daniel. Percebendo a melancolia descendo sobre ele, decidi provocá-lo:

— Impressionante! Poucas pessoas conseguiriam transformar uma crise de estresse em intepretação de texto com tanto brilho. Só tem um probleminha, que você certamente terá percebido.

— Qual?

— Tudo isso só comprova que a Juliana estava certa e que, sim, existe um grande romance brasileiro sobre o Demônio. O que você diz agora desmente a tua leitura de duas semanas atrás.

Daniel permaneceu em silêncio por alguns segundos. Quando falou, por fim, foi com uma voz baixa e hesitante, como se procurasse as palavras certas.

— Sim e não. Como posso explicar? Aquela cena em que Riobaldo sai pela noite para buscar o Demônio não me agrada. O *Grande sertão* é um livro diabólico, disso eu não tenho dúvida. Mas a presença do Diabo está oculta de um jeito estranho; alguma coisa está fora do lugar. Alguma coisa não encaixa.

Passado um novo silêncio, meu amigo pegou seu surrado exemplar de cima da mesa e disse:

— Sabe o que eu acho, Bob? Que vou ter que começar outra vez.

* * *

Muitos colegas de trabalho de Juliana eram também velhos conhecidos meus, companheiros de universidade ou contemporâneos de outras faculdades de publicidade de Curitiba. Não éramos próximos, mas de vez em quando eu subia ao Alto da XV para um almoço com a antiga turma. Depois de um deles que se estendeu tarde adentro numa sexta-feira, acompanhei o pessoal à agência para tomar o último café. Na hora de ir embora, passei na sala de Juliana. Concentrada em alguns papéis, um raio de luz caía sobre seus cabelos negros. Bati na porta, acenei com um tchau de longe, mas ela me deteve e me chamou para entrar.

— Eu estava te esperando — disse. — Queria aproveitar para falar com você longe do Dani. Estou preocupada com ele, Roberto.

— Eu também. Já disse mais de uma vez que ele está à beira de uma crise nervosa. Se você quer saber, acho que aquelas caminhadas são a única coisa entre ele e um colapso. Agora ele voltou a andar de madrugada. É claro que isso é uma tentativa de se cansar, de esquecer a vida por exaustão.

Juliana sacudiu a cabeça e contraiu a testa.

— Eu acho isso tão perigoso... E essa história de ele sair andando sem rumo pela estrada sem se lembrar de nada?

— É o que estou dizendo: ele vai ter uma crise a qualquer momento. Para mim é óbvio que aquilo foi estresse. Ele se cobra muito, os pais não ajudam.

— E agora essa obsessão com o Diabo, ele não para de falar nisso.

Juliana girava nervosamente um lápis entre os dedos.

— Ele não pode ficar assim. Sinto o Dani andando em círculos. Se ele quisesse, poderia trabalhar aqui, na *Gazeta*. Ou começar outra faculdade, escrever alguma coisa. O que não dá é para ficar como está. E essa relação ruim com os pais, isso drena muita energia.

Ela sabia do que falava. A mais velha de uma enorme família de imigrantes, Juliana era o orgulho dos pais e o exemplo das irmãs. Com poucos anos de formada, seu trabalho lhe dava prêmios, dinheiro e a admiração dos companheiros. O emprego que ela recusara em São Paulo por causa de Daniel era o sonho de todos os seus colegas. Eu a conhecia havia muitos anos e percebia com clareza como sua maneira de ser se tornava mais límpida, suave e harmoniosa com o tempo. Se existia um exemplo da paz de espírito trazida por uma ocupação adequada aos talentos de uma pessoa, esse exemplo era ela.

— Pelo menos ele está animado com toda essa história do *Grande sertão: veredas*. Acho que o caminho dele é esse — respondi.

A princípio, o interesse de Daniel me pareceu apenas mais um de seus surtos de monomania. Desde que o conheci, acostumei-me a ver um assunto após outro capturar periodicamente sua atenção. Seguiam-se buscas desesperadas por livros, correspondências com especialistas — Daniel amava escrever e receber cartas — e uma imersão maníaca na questão estudada. Ao longo dos anos, eu o havia visto instalar-se por longos períodos dentro das rebeliões de Thomas Müntzer, de Tolstói ou dos padres do deserto sem que houvesse força capaz de retirá-lo de lá. Essa característica, que seduzia Juliana e divertia a mim e a alguns poucos amigos, como o professor Raposo, enlouquecia seu pai e sua mãe, desesperados com o filho "inútil", sempre "no mundo da lua".

Dias depois de nosso encontro na agência, Juliana e eu conversávamos no Edifício Asa enquanto ela esperava o namorado para ir ao cinema. Falávamos justamente de sua família quando o escutamos na sala da frente. Uma corrente de vento fez a porta bater, e Daniel entrou ainda sob o impacto do estrondo.

— Entendi!

Voltando o rosto alternadamente para a namorada e para mim, repetiu:

— Entendi, Ju! Entendi, Roberto!

— Entendeu o quê, Dani?

— O livro e Satanás. Satanás no livro. O livro para Satanás.

— Então conte tudo para nós.

Transido de emoção, Daniel andava, falava, exigia que adivinhássemos seus pensamentos, fazia perguntas e as respondia, tudo num redemoinho verbal alucinado.

— Vejam bem, não há dúvida de que Riobaldo é "pactário". A prova é a travessia do Liso do Sussuarão; ela é a correspondência material da travessia de sua alma para a escuridão. Depois ele faz o que nenhum outro chefe jagunço havia conseguido antes, que é matar o Hermógenes. Mas, percebam, o sucesso é consequência da travessia. Consequência física, pois o Liso do Sussuarão lhe dava acesso à retaguarda do bandido, e consequência espiritual dos poderes que o Urutu Branco ganhou com o pacto. Mesmo a escolha de um novo nome é simbólica. O que aconteceu com Riobaldo foi uma morte iniciática com sentido invertido, da qual ele renasceu um "novo homem". Morre Riobaldo Tatarana, renasce Urutu Branco. Lembrem-se de que "o Liso do Sussuarão não concedia passagem a gente viva". Até aí, tudo bem. O problema é que, desde o começo, notei um ocultamento, alguma coisa subterrânea, um pouco fora do lugar no livro. Sem me dar conta, agora vejo que foi isso que me incomodou tanto naquela cena em que ele sai pela noite buscando o Diabo e não encontra nada. E depois, as dúvidas, toda a negação da existência do Demônio que vai pontuando a narração de Riobaldo ao longo do livro, como se ele estivesse querendo dizer alguma coisa. Foi aí que tive um estalo! Ontem à noite. É óbvio, ele quer, sim, dizer alguma coisa! Ele está dizendo o livro todo e o leitor não percebe! Essa é a chave!

— Continuo sem entender — falei. — O que ele está dizendo?

— Veja só, Roberto. *Grande sertão: veredas* é narrado em primeira pessoa. Quem está falando é o próprio Riobaldo velho, contando a história de sua vida. Ora, se alguém sabe do Demônio, esse alguém é ele mesmo. Afinal, eles dividem uma história. Quando entendi isso, comecei a prestar atenção ao que Riobaldo dizia, em suas próprias palavras. *Em suas próprias palavras!* Vocês estão entendendo?

— Para falar a verdade, não — respondi com sinceridade.

— Você está entendendo, Ju?

O balançar de cabeça da namorada deixou Daniel ainda mais agitado.

— Pelo amor de Deus! Me digam quantas vezes vocês acham que o nome do Demônio é mencionado no *Grande sertão*?

— Ai, Dani, sei lá, muitas. Com todos aqueles apelidos sertanejos, só ali...

— Justamente! Essa é a chave! Vocês não veem? Essa é a chave! Espere aí que anotei a página... Você está falando disso aqui — continuou ele tomando o livro nas mãos.

— Escutem só: "Do demo? Não gloso. Senhor pergunte aos moradores. Em falso receio, desfalam no nome dele — dizem só: o Que-Diga. Vote! não... Quem muito se evita, se convive." Ou seja, a ideia é evitar falar o nome do Demônio, certo? Só que vocês já repararam que o livro é praticamente um catálogo desses nomes, eufemismos e apelidos?

De uma folha de papel dobrada e guardada dentro de seu exemplar, Daniel leu os muitos nomes, dispersos pelo romance, que os sertanejos davam ao anjo rebelde e que ele havia cuidadosamente anotado:

— O Arrenegado, o Cão, o Cramulhão, o Indivíduo, o Galhardo, o Pé de Pato, o Sujo, o Homem, o Tisnado, o Coxo, o Temba, o Azarape, o Coisa Ruim, o Diá, o Dito Cujo, o Mafarro, o Pé-Preto, o Canho, o Duba-Dubá, o Rapaz, o

Tristonho, o Não-Sei-Que-Diga, O-Que-Nunca-Se-Ri, o Sem-Gracejos, o Muito-Sério, o Sempre-Sério, o Austero, o Severo-Mor, o Romãozinho, o Dião, o Dianho, o Diogo, o Pai da Mentira, o Pai do Mal, o Maligno, o Tendeiro, o Mafarro, o Manfarri, o Capeta, o Capiroto, o Das Trevas, o Bode-Preto, o Morcego, o Xu, o Dê, o Dado, o Danado, o Danador, o Dia, o Diacho, o Rei-Diabo, Demonião, Barzabu, Lúcifer, Satanás, Satanazin, Satanão, o Dos-Fins, o Solto-Eu, o Outro, o Ele, o O, o Oculto, o Tal, o Morcegão, o Tunes, o Dêbo, o Carôcho, o Mal-Encarado, o Aquele, o Que-Não-Ri, o Que-Não-Fala, o Cão Extremo, o Coisa-Má, o Figura.

Algo escapava a mim e a Juliana, isso estava claro. Para encurtar sua ansiedade, pedi que nos explicasse de uma vez o que não estávamos entendendo. Daniel colocou o *Grande sertão* de lado e deu dois saltos até a estante na parede oposta, de onde tirou um velho exemplar da Bíblia de Jerusalém, sua capa cor de vinho desbotada pelo uso. Por alguns segundos, buscou algo em silêncio. Por fim, ouvimos a seguinte frase:

— "Porque a mim se apegou, eu o livrarei/ eu o protegerei, pois conhece meu nome." Esse é o salmo 91, está claro agora?

— Não. Se a história toda já dá a entender que o Riobaldo é "pactário", qual é a novidade? — perguntou Juliana.

— O nome, Ju! A novidade é o nome! — exclamou Daniel.

— "Eu o protegerei, pois conhece meu nome." Sim, Riobaldo era mesmo "pactário", mas tem algo muito mais profundo escondido ali. A pergunta que eu me fazia era "onde está o Diabo no *Grande sertão*?". Pois bem, a resposta é: "Por toda parte!" Vocês sabem que uma das formas de operação do satanismo é a inversão de fórmulas e símbolos cristãos. Pois bem, é exatamente isso o que está acontecendo aqui! Repito a pergunta: vocês sabem quantas vezes o nome do Demônio aparece em *Grande sertão: veredas*?

— Não tenho a menor ideia.

— Nem eu.

— Quatrocentas e trinta e nove. Eu contei cada uma delas. Vocês acham que isso é acidental? Para narrar a história de sua vida, alguém precisa pronunciar tantas vezes o nome do Demo, como faz Riobaldo? É claro que não! A menos que ele, o nome, já faça parte dela, a vida. Vocês estão percebendo? Isto aqui — dizia Daniel, golpeando com a mão seu exemplar de *Grande sertão: veredas* — é, ao mesmo tempo, uma celebração e uma invocação do nome de Satanás!

Eu estava cada vez mais interessado, mas Juliana não parecia estar nos acompanhando.

— Ai, Dani, você está ficando doido...

Mas Daniel estava falando sério e, àquela altura, não havia como o fazer parar.

— Não, não! Ninguém percebeu nada até agora porque nossos críticos literários não sabem nada de teologia e os teólogos não leem Guimarães Rosa. Os conhecimentos não se cruzam.

Apontando para alguns livros que se acumulavam sobre sua escrivaninha havia semanas, meu amigo prosseguiu:

— O tema do Santo Nome nem é tão obscuro assim; há muito tempo ele já entrou na cultura popular. Vejam *Franny & Zooey*, os *Relatos de um peregrino russo*. Várias religiões acreditam nos poderes sobrenaturais do nome de Deus e na eficácia de sua invocação. No cristianismo ortodoxo oriental, os monges usam como método místico-ascético a oração de Jesus. Basta repetir sem parar o seguinte: "Senhor Jesus Cristo, filho de Deus, tende piedade de mim, pecador", e a pessoa que faz isso acaba entrando em união mística com Deus, pela invocação repetida do nome de Jesus. Na Europa, um dos maiores santos da Idade Média, São Bernardino de Siena, pregava as virtudes do Santo Nome. De certa forma, o nome participa do caráter sagrado do objeto nomeado e sua repetição constante é suficiente para que Ele aja de alguma forma sobre o mundo e sobre quem o invoca. Entenderam agora?

Juliana e eu olhávamos mudos para Daniel.

— Exatamente de acordo com o caráter de inversão do satanismo, *Grande sertão: veredas* é, todo ele, uma grande invocação do nome. Só que do nome de Satanás. Lembrem-se do salmo: "Porque a mim se apegou, eu o livrarei / eu o protegerei, pois conhece meu nome." A quem Riobaldo se apegou? Ao Demônio! Quem o protegeu? O Demônio! E que nome ele conhece? Que nome ele repete sem parar?

— Isso não faz sentido, Dani.

— Como não, Ju? Como não? Escute o velho Riobaldo outra vez: "E, o respeito de se dar a ele assim esses nomes de rebuço, é que é mesmo um querer invocar que ele forme forma, com as presenças!"

— Ai, Dani... — a voz de Juliana soava entre incrédula e incomodada.

— Tenho certeza de que isso é um método invocatório, certeza absoluta!

— Ai, Dani...

— "Porque a mim se apegou, eu o livrarei/ eu o protegerei, pois conhece meu nome" — bradava Daniel. — "Eu o protegerei, pois conhece meu nome!"

• • •

Essa conversa deve ter ocorrido no fim de agosto, talvez começo de setembro de 1988. A partir desse momento, os acontecimentos escaparam de nosso controle. Daniel entrou num estado de excitação febril diferente de tudo o que eu já havia visto. Foi também a primeira vez que vi a fleuma natural de Juliana ceder. Desde o momento de *heureca* do namorado sobre a litania dos nomes no *Grande sertão*, ela sentira que algo não estava bem. No entanto, creio que sua própria iluminação veio algum tempo depois, numa conversa sobre o único assunto possível naqueles dias.

Com a exceção da mãe, convertida ao catolicismo, toda a família estendida de Juliana em Maringá guardava resquícios da religião de seus antepassados no Japão, algo que me parecia uma mistura de xintoísmo e budismo, mas que nunca cheguei a entender por completo. Ela mesma professava um catolicismo distante, sob a influência da mãe, e só voltou a ter contato com o mundo religioso dos ancestrais quando, no quarto ano da faculdade, um tio, professor de agronomia na UFPR, lhe arranjou um intercâmbio para passar seis meses em Tóquio, aperfeiçoando seus conhecimentos de japonês numa importante universidade budista da cidade. Foram seis meses de muitas cartas trocadas entre os namorados, escrevendo-se quase diariamente, que tiveram um forte impacto sobre Juliana. O período em Tóquio a havia tornado mais séria e distante.

Daniel nos contava de suas leituras sobre a prática do *nembutsu*, a invocação ritual do nome do Buda Amitabha, quando Juliana parou o que estava fazendo e pareceu congelada. Pouco a pouco, seu rosto iluminou-se num movimento de reconhecimento.

— Mas então é isso!

A universidade na qual ela fizera o tal intercâmbio, cujo nome nunca entendi direito, pertencia à escola budista que se dedicava fervorosamente ao *nembutsu*. Segundo Juliana, a prática era tão disseminada que muitas vezes seus exageros raiavam o ridículo. Ao lado de monges que passavam o dia invocando o nome de Buda, meninas de 17 anos o recitavam quando queriam que os rapazes da noite anterior ligassem no dia seguinte. Muito séria, ela disse:

— Sim, é a mesma coisa, agora estou entendendo. Dani, o certo é rezar para Deus, não para o Diabo.

Como eu, provavelmente ela o havia escutado repetindo em voz baixa tantas vezes naqueles dias os tais nomes, cuidadosamente memorizados a partir da narração de Riobaldo. O que Juliana provavelmente não sabia, e não sabia porque não lhe contei, é que aquele sussurrar se repetia nas caminhadas de Daniel, diárias e cada vez mais longas. Na volta de uma delas, no anoitecer da véspera de Natal, ele anunciou haver descoberto o que deveria fazer.

— Era óbvio desde o começo, não era? Se eu mesmo percebi que faltava um bom retrato do Demônio na literatura brasileira, como poderia ser mais óbvio? Eu vou criar esse retrato, Roberto, e ele vai me tirar daqui.

Capítulo XII

— Isso é ridículo!

Tomando um gole de cerveja, ela enxugou os lábios e amassou o guardanapo. Em seguida, voltou a desamassá-lo. Olhou para o garçom, para a porta do banheiro de onde havia voltado poucos minutos antes e repetiu:

— Ridículo! Se você acredita nessa história, teu baque foi muito pior que o meu.

Ajudados pelo álcool, os dois falavam alto para se sobrepor aos ruídos do bar movimentado na noite de sexta-feira. Terminado o *happy hour*, um violonista descalço e uma mulher sentada num banco muito alto tinham ocupado o canto oposto a eles e começado a tocar uma seleção de músicas que Roberto não conhecia. Os garçons passavam com bandejas cheias de copos a centímetros de suas cabeças. Ele havia bebido de barriga vazia e estava tonto, com a cabeça girando.

— Vamos pedir alguma coisa? Faz horas que a gente chegou e eu só comi essas batatinhas.

Sacudindo a cabeça, incrédula, ela concordou. Roberto aproveitou a pausa para ir ao banheiro. Na volta, as palavras o atingiram ainda em pé.

— É claro que só alguém perturbado poderia fazer o que ele fez. Agora, se você acha que está limpando a barra do Dani com essa história delirante, quem está ficando louco é você.

Subitamente, uma ideia surgiu na mente de Juliana e uma faísca de raiva correu por seus olhos negros:

— Sempre foi assim, você passou a vida tentando achar uma desculpa para o comportamento dele, para as merdas que ele fazia.

Dois sanduíches e duas cervejas foram colocados diante deles. Depois de comer, os olhos baços de Roberto perderam um pouco da névoa causada pela bebida.

— Você está irritada, eu entendo. É teu direito. Mas não se engane, eu não vim desculpar ninguém, muito menos quem tentou me matar. Eu vim contar o que aconteceu. Por favor, preste atenção.

De dentro da mochila pousada na cadeira ao lado da sua, ele retirou um livro.

— Leia a dedicatória.

A capa esverdeada, brilhante e bonita, estava na vitrine de todas as livrarias. Ela não teve dificuldades em reconhecer a edição comemorativa do romance escrito diante de seus olhos vinte e quatro anos antes. Tomando o volume nas mãos, Juliana arrepiou-se ao perceber as manchas escuras salpicadas na lombada. Sem pensar, ela o empurrou de volta ao dono como quem afasta um animal morto.

— Leia a dedicatória, por favor.

Cedendo, ela abriu as páginas com cuidado. Em segundos, uma nova chispa de irritação iluminou seus olhos.

— Você sabe que eu não falo alemão!

— Nem eu — respondeu ele, calmo. — O Daniel escreveu isso para mim durante o próprio lançamento e não entendi na hora. Eu estava com o livro quando ele voltou ao apartamento do André, como você já percebeu. Foi só agora, há pouco tempo, que me lembrei dela e procurei na internet o que isso queria dizer.

— Ele adorava mistérios, enigmas. Eu já não tenho mais saco para esse tipo de coisa. Me diga, então: o que está escrito aí?

— "A paixão pelo desconhecido nos deixou / e agora queremos ir à casa do Pai", segundo minha tradução capenga.

Ela sacudiu a cabeça.

— Outra vez essa história? Por favor...

Roberto tomou o livro nas mãos, releu a dedicatória e folheou-o devagar.

— A coisa toda parecia um milagre. Havia tempos ele se recusava a pisar no Brasil e, de repente, avisou que estaria em São Paulo exatamente quando o romance completava vinte anos. A edição comemorativa já estava sendo preparada fazia meses; eu mesmo supervisionei tudo pessoalmente. Mas o André teve que correr feito um louco para organizar uma festa de lançamento decente, com a presença do autor. Parecia mentira que daria certo.

— Vinte anos, meu Deus!

— O Daniel chegou a São Paulo na terça e o lançamento foi na quarta. Para falar a verdade, muita gente pensava que ele nem fosse aparecer. Mas ele veio e foi ótimo. O livro ficou lindo, e a Cultura encheu como eu nunca tinha visto.

— Não acredito que se passaram vinte anos...

— Terminou tarde. Era quase meia-noite quando saímos do Conjunto Nacional; umas dez pessoas tinham ficado até a livraria fechar. O André queria ir direto para um restaurante, mas o Daniel se recusou, não sei por quê. Disse que não estava a fim, que fôssemos sozinhos. Ficou um clima um pouco chato; todo mundo estava ali por causa dele. Um pessoal desistiu e foi embora. No final, o André colocou os que sobraram em dois táxis e fomos para o apartamento dele comer bolachinha com patê e tomar champanhe. Já no táxi ele me pareceu meio quieto, diferente. Não era o estilo dele, ainda mais numa ocasião como aquela. No apartamento, as pessoas estavam elétricas, menos o Daniel, que continuava em silêncio, mas sorrindo. O André começou a beber e foi ficando alegre e histriônico, aquele jeito dele, você sabe...

— Eu nunca conheci o André.

— Contou uma história muito engraçada, do cabeleireiro que lhe prometeu cortes de cabelo gratuitos pelo resto da vida se ele levasse o Daniel ao salão e topasse chamar uma revista para tirar fotos.

— Quando ele foi para Barcelona?

— Hã?

— Quando o Dani foi morar em Barcelona?

— Um pouco depois daquela merda de Paris. Um amigo nosso, o Pellizzari, organizou uma oficina de tradução na universidade e convidou o Daniel para dar algumas aulas, fazer seminários, essas coisas. Ele foi para passar seis meses e nunca mais voltou. Por quê?

— Ele deve ter mudado bastante nesse tempo. Foram muitos anos.

Roberto lembrou-se de seu próprio rosto, das olheiras escuras e dos cabelos brancos reaparecidos diante de seus olhos no espelho pouco tempo antes, devolvidos a seu dono junto com as memórias daquela noite. Sem pensar, levou a mão à testa e sentiu-a coberta por uma máscara de suor brilhante e gelado.

— Sim, é óbvio. Ele estava muito mais magro, com umas entradas enormes na testa, envelhecido. Mas não era isso. O problema era a expressão no rosto do Daniel. Ela não fazia sentido.

— Como é possível uma expressão não fazer sentido, Roberto?

— Você se lembra de quando ele ficava feliz, daquele sorriso tranquilo e silencioso?

Sem palavras, ela assentiu com a cabeça.

— O oposto do sorriso era aquele olhar angustiado, cheio de medo e raiva misturados. Ele era um sujeito expressivo, fácil de ler. Durante anos, o sorriso me deu tranquilidade e o olhar carregado me preocupou. Pois bem, naquela noite, ele tinha os dois. Ao mesmo tempo. Não fazia sentido; era óbvio que alguma coisa estava errada.

Um longo agudo da cantora sobrepôs-se à fala.

— Começou a bocejar, até que alguém disse que ele provavelmente ainda não tinha se recuperado da viagem e da diferença de fuso horário. Nesses momentos sempre baixava o *gentleman* no André, que ofereceu o quarto de hóspedes para o Daniel descansar e não ter que voltar para casa em Pinheiros. Ele prometeu que ninguém faria barulho, que a empregada levaria café no dia seguinte, essas coisas.

A música parou de repente, e a voz de Roberto soou clara por cima da conversa nas outras mesas.

Dormir! Dormir? Sim, eu preciso dormir. Há quanto tempo não faço isso? Durante cada noite nos últimos dez anos eu esperei até que a última pessoa que estivesse comigo pegasse no sono, desci as escadas de tantos apartamentos e hotéis e caminhei até o sol nascer. Dez anos acordado...

— "Transtornado" é um clichê, mas você vai entender se eu disser que, enquanto ele falava, a expressão da boca finalmente convergiu com a dos olhos. As pessoas ficaram um pouco desconcertadas, alguns riram. O André até tentou fazer uma das suas brincadeiras e disse que, para alguém como o Daniel, passar as noites assim, sozinho, era um desperdício.

Sozinho? Quem disse que eu estava sozinho? Ele nunca me deixou, nenhuma vez nesses vinte e quatro anos.

— A única pessoa que continuava sorrindo era o André. Os outros estavam desconfortáveis, claramente. O mais estranho é que o Daniel falava baixo, muito baixo.

— Ele nunca falou baixo na vida — murmurou Juliana.

— Eu sei, mas ali todos tiveram que fazer silêncio para continuar escutando.

É engraçado, mas a primeira vez que nos encontramos, ou melhor, que ele me encontrou, eu também estava andando. Foi em Curitiba, mais ou menos nesta época, perto do Natal, no fim da tarde. O centro da cidade estava transbordando de gente. O coral do Bamerindus no Palácio Avenida tinha acabado e era impossível abrir caminho entre a multidão. Na Marechal Floriano, esquina com a Marechal Deodoro, eu estava distraído, esperando para atravessar a rua. De repente, quando ergui a cabeça, percebi um silêncio assustador, terrível. Os carros tinham desaparecido, os pedestres também, a rua estava vazia como se fosse madrugada. O sinal estava fechado para mim, mas resolvi atravessar. Do outro lado, ao mesmo tempo, um homem começou a andar na minha direção. Fazia calor, mas ele estava usando uma jaqueta de couro pesada. De longe, parecia um daqueles velhos fortes, peito largo, rosto enrugado, cavanhaque, careca brilhante. Uns cinquenta e muitos anos. E ele vinha de braços dados com uma loira espetacular, a mulher mais linda que já vi na vida. Botas de couro, calça jeans justa e a mesma jaqueta do homem, só que aberta e sem nada por baixo, os peitos muito brancos aparecendo e desaparecendo a cada passo. Tentei disfarçar, mas era impossível não olhar e seguir andando. Bem no meio do asfalto, entre as duas pistas, o homem não se desviou e esbarrou em mim de propósito. Foi como se eu tivesse batido o ombro numa parede, perdi o equilíbrio no meio da rua deserta. Não precisei nem olhar para trás. Na hora eu soube quem estava ali. Eu chamei seu nome e Ele veio. Pedi e Ele me ajudou. Durante vinte e quatro anos Ele me fez companhia e andou a meu lado. Agora, preciso dormir.

— De pé, apoiado sobre o encosto do sofá, o Daniel parecia um palhaço com o rosto pintado, um homem sem sangue. Era óbvio que ele iria desmaiar. Foi um daqueles momentos em que todos se antecipam ao mesmo tempo; várias pessoas praticamente se atiraram sobre ele. No fim, foi tudo muito rápido. Depois de alguns minutos esticado no sofá, ele tomou um copo d'água e disse que precisava ir embora para casa.

— Sozinho?

— Ele exigiu, não aceitou que ninguém fosse junto. Eu e a Fernanda ainda descemos para esperar o táxi, mas subimos logo depois. Depois disso, ficou um clima estranho no apartamento; a maioria tinha ido para lá só por causa dele. O André contou das insônias de muitos anos e todo mundo concordou que o Daniel provavelmente havia sentido o cansaço da viagem e da noite de autógrafos. Era uma quinta-feira e quase todos foram embora. Só um amigo, o Rafael, ficou para trás conosco. Nós estávamos tristes, não era segredo que o Daniel andava mal, mas aquilo era fora do comum até para os padrões dele. Sabe quando ninguém tem vontade de ir para casa e as pessoas vão ficando, um pouco por preguiça, um pouco por desânimo? A Fernanda foi para a cozinha pegar mais comida, eu estava ajudando com alguma coisa quando tocou a campainha. O apartamento do André era um daqueles antigos, com uma porta na área de serviço. Ela ergueu a tampinha metálica do olho-mágico e disse para mim, em voz baixa: "Que bizarro, é o Daniel."

Pálido e bêbado, Roberto esperou que Juliana enxugasse uma lágrima.

— Ele deu um empurrão na porta e foi para cima da Fernanda. De repente, ela começou a esguichar sangue. Esguichar mesmo, como num filme de terror. Fiquei paralisado, totalmente paralisado. Quando me dei conta, tentei me defender. A faca cortou minhas mãos, doeu muito. Depois, foi uma pancada aqui — Roberto apontava para um ponto qualquer na região do ventre — e apaguei. Só acordei no hospital, três dias depois, cego e sem me lembrar de nada disso.

— E depois... — Juliana contorceu o rosto numa careta — ele se matou mesmo?

— É o que dizem, eu estava desmaiado na cozinha. Minha sorte foi que a filha da vizinha chegou e viu a porta aberta.

A conta estava sobre a mesa havia muito tempo, assim como as notas de cinquenta reais deixadas por ela. Levantando-se, Juliana lhe deu um rápido beijo na testa. Por um momento ela precisou se segurar nas costas da cadeira para combater uma súbita tontura, mas em segundos os golpes do salto alto contra o chão de madeira se afastaram em direção à porta. Levando o copo de cerveja à boca, Roberto apanhou o livro que permanecia sobre a mesa. Metade de uma foto escapava de suas páginas, a foto que Juliana havia tirado da bolsa e lhe oferecido no começo da noite. Antes de voltar a guardar *Os diálogos do castelo* em sua pasta, ele a examinou com cuidado sob a iluminação débil do bar.

A proximidade com que fora tirada deixava pouco espaço para identificar outros elementos no retângulo de papel fosco. O chão de tábuas e um pequeno trecho de grama ao fundo faziam pensar na varanda de uma casa. No centro, um corpo só de ossos vestindo shorts jeans e camiseta regata de pano cinza, de costas contra a parede, os joelhos dobrados servindo de apoio para um livro de capa acinzentada. A luminosidade, a incidência do sol quase perpendicular sobre a leitora sentada, parecia indicar o fim do dia. Refletindo uma luz dourada, os membros esqueléticos revelavam impiedosamente o que parecia ter sido desde o princípio o objeto da imagem. A afecção tomando completamente braços, peito, rosto. Placas, manchas e nódoas vermelhas cobrindo cada centímetro da pele, algumas vezes em camadas superpostas; outras, em erupções terminando em pontos amarelecidos. O contraste entre o olhar perdido, flutuando por cima das linhas na página aberta, e o corpo padecente, um esqueleto pustulento, era chocante. Havia na imagem uma intencionalidade de dor e agressão impossível de ser ignorada. Roberto estremeceu, guardou a foto entre as páginas do livro e pediu mais uma cerveja.

Epílogo

Preso numa fila de carros nas rampas do estacionamento, o dr. Molinari reclamava, arrependido, de ter aceitado falar naquela noite.

— Você está maluco, Carlos. O rapaz fez questão de te convidar, brigou para que você fosse. A gente deveria ter saído de casa mais cedo; a essa hora a Manoel Ribas é um inferno mesmo. Agora, congestionamento no shopping eu nunca tinha visto na vida.

Não havia tempo de procurar vagas. Tentando ignorar a esposa, o médico embicou o carro na entrada do *valet parking* e saiu apressado para as escadas rolantes. Ao entrarem na livraria, faltavam dez minutos para a hora marcada. O lugar lhes pareceu estranhamente vazio, com o público normal de um dia de semana. Após circularem alguns minutos, o rapaz da editora, braços tatuados expostos naquele frio, apareceu para os receber e acalmar.

— Esses eventos sempre atrasam. Já tem bastante gente lá em cima; o Roberto está esperando o senhor.

No espaço convertido em auditório no segundo andar, o dr. Molinari calculou que pelo menos metade das cadeiras estava ocupada. Atrás da mesa arrumada com microfones, copos e garrafas d'água, ele avistou alguns rostos conhecidos.

— Doutor! Pô, pensei que o senhor tivesse me largado — disse Roberto, dando-lhe um abraço. — Se o senhor desistir de conversar comigo, vou ter que convocar o meu sobrinho. Todo mundo para quem eu poderia pedir esse favor morreu ao mesmo tempo — acrescentou, rindo.

— O que é isso, guri?! Imagine... É uma honra para mim. Só espero que você não se arrependa depois.

Larissa olhou feio para o irmão, agora dado a fazer piadinhas com a morte, e estendeu a mão para a esposa do dr. Molinari. Um amigo da família apareceu para cumprimentar o autor da noite.

— Seu pai tinha muito orgulho de você, rapaz. Muito orgulho.

O tempo de conversas, cumprimentos e apresentações foi se alongando. Quase quarenta minutos mais tarde, Bruno, o editor-executivo da Praça do Mercado, caminhou para o centro da mesa e, apontando primeiro para seu lado esquerdo, depois para o direito, convidou o dr. Molinari e Roberto para tomarem seus lugares. O espaço reservado ao público estava lotado, com duas filas de pessoas sentadas no chão, no corredor central, e muitas outras nos degraus que levavam ao primeiro andar. Ofuscado pela luz forte de uma câmera, Roberto sorriu ao reconhecer o homem de blazer de lã, ombros arqueados e rosto vincado quase escondido no fundo da loja. A vista do professor Marcos dos Anjos Raposo encheu-o de recordações, interrompidas pelo toque-toque de dedos golpeando um microfone aberto.

— Vocês estão me escutando bem?

Uma microfonia aguda cortou as palavras do dr. Molinari. Bruno afastou gentilmente o suporte do microfone do rosto do médico, e em segundos a voz grave que Roberto conhecia tão bem começou a preencher o ambiente.

"Boa noite a todos. Eu gostaria de dizer que minha presença aqui hoje é algo fora do normal, uma anomalia que me deixa profundamente emocionado e me obriga a começar com alguns agradecimentos. Eu gostaria de agradecer ao Roberto, antigo paciente, atual amigo, por ter insistido para que eu participasse desta conversa no lançamento de seu livro aqui em Curitiba, o que para mim é uma honra enorme. Gostaria de agradecer também ao Bruno, pelas palavras gentis de apresentação. Inclusive, fico feliz em saber que ele, que é carioca da gema, como vocês podem notar, mal chegou a Curitiba e já foi apresentado ao que a cidade tem de melhor, tendo ido assistir ao Furacão brilhar ontem à tarde na Baixada.

"Brincadeiras à parte, eu disse que minha presença aqui era uma anomalia porque me parece claro que meu lugar deveria estar sendo ocupado por um crítico, um especialista que fosse capaz de analisar para vocês este belo livro que o Roberto escreveu e que, com toda a justiça, já é um dos mais vendidos do país. Minha relação com a literatura se resume à condição de leitor apaixonado, uma condição que já dura mais de meio século. Mas o livro do Roberto é também algo especial. Ao escrever esta obra tão peculiar, esta narrativa memorialística e biográfica de seu amigo, ele entrou um pouco na minha seara, e por isso me sinto autorizado a dizer algumas palavras.

"O que faz um escritor? Para mim, a tarefa principal do escritor é retrabalhar a matéria bruta da vida humana. Um grande escritor, e eu não tenho dúvida de que tenho um sentado aqui a meu lado nesta noite, toma essa matéria bruta e a mói, pulveriza, aquece e destila até ter nas mãos outro material, de natureza semelhante ao anterior, só que mais puro e, em certo sentido, mais verdadeiro. O resultado desse trabalho é o que o artista entrega ao público sob a forma de uma peça, um romance, um conto ou algo do tipo. Olhando este livro aqui, tenho certeza de que o Daniel apresentado ao leitor em *A vida do escritor brasileiro Daniel Hauptmann, narrada por um amigo* não é, não pode ser, exatamente a mesma pessoa que o Roberto conheceu.

"E como eu sei disso? Porque, na qualidade de psiquiatra, eu tenho acesso ao mesmo material, só que apenas em seu primeiro estágio. A matéria da vida me chegou sempre bruta e impura, e, em lugar de trabalhar longa e cuidadosamente sobre uma única biografia, ao longo de mais de trinta e cinco anos de profissão, o que fiz foi receber as impressões de dezenas delas por dia. Uma forma de ver a questão seria dizer que nós, médicos, temos o prêmio de consolação da quantidade sobre a qualidade. Onde Roberto se deu ao luxo de burilar a história de uma vida, talvez duas, eu fui quase soterrado por milhares delas. Foi esse acúmulo material, claro, que me permitiu compilar algumas... eu não diria "teorias", mas, sim, "observações", sobre essa matéria-prima tão fascinante que é o homem. Este caso narrado aqui, este caso extraordinário destilado pelo Roberto neste livro maravilhoso, me fez pensar que o espírito humano se assemelha muito a um diamante.

Empregado da maneira correta, é um instrumento cortante formidável, capaz de penetrar os obstáculos mais duros em seu caminho. E, no entanto, muitas vezes um único golpe revela toda a sua fragilidade e o reduz a mil pedaços. Se vocês prestarem atenção, vão ver que, ao contar a sua história, o Roberto [...]"

Apesar das tentativas de mediação de Bruno, a conversa terminou tarde. Quando o segurança avisou que o shopping iria fechar, uma longa fila permanecia diante da mesa de autógrafos. Parte da culpa, é verdade, havia sido de Roberto, conversando com conhecidos e se detendo para elaborar dedicatórias personalizadas (escreve só "um abraço", sussurrou o editor em seu ouvido já perto do final) a cada pessoa de quem vagamente se lembrava. Por fim, na penumbra das luzes semiapagadas, o autor se levantou de onde havia estado sentado por horas, colocou uma das mãos no ombro do dr. Molinari e a outra no do professor Raposo.

— Vocês não me escapam. Já falei com o Bruno e vamos direto para o restaurante. Desta vez, o objetivo é terminar a noite sem nenhum morto — disse, rindo.

— Eu não saio daqui sem um autógrafo — respondeu o dr. Molinari. — Fiz questão de ficar na fila e, quando chega a minha vez, você quer ir embora... Não, senhor!

Girando os olhos e fingindo contrariedade, Roberto sentou-se novamente. De pé a seu lado, o psiquiatra lhe emprestou sua própria caneta e o livro. Ao abri-lo nas primeiras páginas, o olhar de ambos caiu sobre a epígrafe solta no papel em branco.

— É a verdade, meu amigo. A mais pura verdade. Pensar que devemos admirar o criador de uma obra de arte apenas

porque ela nos seduz é um dos grandes erros do mundo —
disse o médico. — A frase é perfeita. De onde veio?

Roberto terminou a dedicatória sem pressa.

— De um caderno de anotações do Daniel — respondeu
por fim, sério. — Agora vamos jantar?

Este livro foi composto na tipologia Warnock Pro,
em corpo 11/15, e impresso em
papel off-white no Sistema Cameron da
Divisão Gráfica da Distribuidora Record.